Alejandro Palomas

So viel Liebe

Roman

Aus dem Spanischen
von Sybille Martin

BLOOMSBURY BERLIN

Die Originalausgabe erschien 2007
unter dem Titel *Tanto amor*
bei El Andén, Barcelona

Umschlaggestaltung:
Rothfos & Gabler, Hamburg
Gesetzt aus der Stempel Garamond
durch hanseatenSatz-bremen, Bremen
Druck und Bindung: CPI – Clausen & Bosse, Leck
Printed in Germany 2008
ISBN 978-3-8270-0770-4
www.berlinverlage.de

Für Raquel
wegen ihres Großmuts

Als verzweigt empfinde ich mich.
Gebildet aus Hohlräumen.
Ich bin ebenso ein Speicher wie das Leben.

El Círculo de Newton, *Inmaculada Luna*

Legenden

Der Legende nach fiel vor vielen, vielen Jahren im frühen Morgengrauen eine Jungfrau aus einem Palastfenster in die trüben Wasser der venezianischen Lagune. Es war Herbst. Man bemerkte ihren Sturz erst am späten Vormittag, als in einem angrenzenden Kanal einer ihrer Schuhe aus roter Atlasseide und ein blauer Strumpf gefunden wurden, die im Unrat auf der Wasseroberfläche trieben.

Die Stadt suchte nach der Jungfrau, jedoch vergebens. Der Vater des Mädchens wurde im Laufe der Monate vor Kummer verrückt. Die Mutter flüchtete sich in die Betäubung des Weines und brach sich an einem verregneten Nachmittag das Genick, als sie auf dem glatten Weg vor der Palasttür ausrutschte.

Neunundvierzig Jahre später meinte jemand, neben dem Ponte dei Mendicanti eine junge Frau aus dem Wasser steigen gesehen zu haben, die wie eine Jungfrau aus früheren Zeiten gekleidet war.

Seitdem verstrichen wieder viele, sehr viele Jahre.

Und wieder ging das Gerücht vom Erscheinen einer jungen Frau. Die Ältesten der Stadt erinnerten sich an die vornehme Jungfrau, nicht an ihren Namen, wohl aber an ihren Schuh und ihren Strumpf. Als sie sie mit eigenen Augen sahen, das Haar voller Algen und die Haut so grün wie der Morast der Lagune, da hatten sie keinen Zweifel mehr. Die Stadt feierte sie als Teil der venezianischen Kultur, und so wurde sie gewaschen, gekämmt, gekleidet und als Waise in den Familienpalast zurückgebracht.

Der Anblick ihres sanften, naturgrünen Gesichts verzauberte die Menschen, und man nannte sie Milagro.

Es folgten die Fragen, Hunderte, Tausende. Es folgten die Fragen, aber die junge Frau redete nicht.

»Wo bist du gewesen?«, fragten die einen.

»Hast du unter Wasser gelebt?«, fragten die anderen.

»Was hast du da unten gesehen?«

»Was ist da?«

»Ertrinken wir?«

»Treiben wir?«

Fragen. Monat für Monat prasselten die Fragen auf die grünblaue junge Frau nieder, doch sie erstarben im Schweigen ihrer Augen und auf der verschlossenen Linie ihres Mundes, und schließlich hielten das Leben und der Alltag wieder Einzug in die Stadt und die junge Frau in ihrem Palast geriet in Vergessenheit.

Eines Tages aber traf ein neugieriger Mann in Venedig ein, ein Mann, der um die Welt reiste und dabei Dinge erfand, die er anschließend jedes Mal zurückließ, um nicht mit schwerem Gepäck reisen zu müssen. Er hörte von der jungen Frau, die lange im Wasser gelebt haben sollte, und die Neugier führte ihn zu ihrem Palast. Er hoffte, von der stummen Milagro empfangen zu werden. Als er endlich vor ihr stand und seinen Blick in die entrückten Augen des Mädchens versenkte, setzte sein Herz für einen Schlag aus. Eine Frage formte sich in ihm.

Und seine Worte waren: »Was hast du da unten gehört?«

Sie hob den Kopf und lauschte aufmerksam, wie ein

Rehkitz in Gefahr. Dann sah sie ihn an und antwortete mit einer Stimme, wie sie der Erfinder noch nie gehört hatte: »Musik.«

Musik. Das sagte sie.

Und noch mehr.

»Ich konnte nicht zurück. Unter der Stadt spielt das Wasser eine so traurige Melodie, dass das Leben sie flieht, um nicht zuhören und zulassen zu müssen, dass der Tod alles überschwemmt. Um zurückkehren zu können, musste ich lernen, sie zu spielen.«

Der Mann wollte mehr wissen, wollte diese Musik einfangen und sie wirklich machen, ihr Leben einhauchen. Er fragte immer wieder, versuchte sein Glück. Er fand sie nicht. Dennoch wollte er bei Milagro bleiben und sie so oft fragen, bis seine Neugier eines großen Erfinders befriedigt wäre.

Es vergingen die Wochen. Auch die Monate.

In Erwartung einer Reaktion weckte er Milagro jeden Tag mit anderen Worten.

»Erinnere dich«, sagte er am ersten Morgen. Milagro blinzelte nicht einmal.

»Hör zu«, bat er sie am zweiten Morgen. Vergebens.

»Rede.« Es kam keine Antwort.

Und so verging die Zeit, Milagro in ihr Schweigen gehüllt, und in den Mußestunden baute der junge Isaac aus den Überresten eines alten Tisches etwas, das die Gestalt eines kleinen Instruments mit vier Saiten annahm, angefertigt zwischen Warten und Hoffen, dem er aber, als es vollbracht war, keinen einzigen Ton entlocken konnte.

Ein Rätsel.

Ein Instrument, das nicht klang.

Isaac war kein Freund von Rätseln. Er wusste, dass Instrumente Musik in sich trugen. Man musste nur lernen, sie zu hören.

An einem Regentag weckte Isaac Milagro wie jeden Morgen mit einem Wort. Doch diesmal fiel ihm nichts ein, um das er sie hätte bitten können. Er wurde gewahr, dass er alle Worte der Sprache, die ihn mit der jungen Frau verband, aufgebraucht hatte. Er stand ein paar Minuten vor dem schlafenden Mädchen und suchte nach dem Wort des Tages, als sie plötzlich die Augen öffnete und den Blick auf ihn richtete. So groß war die Ruhe, so groß die Sanftmut des Meeres, die Isaac in diesen Augen entdeckte, dass er ein irritiertes Blinzeln nicht verhindern konnte, bevor seinen Lippen ein Name entschlüpfte, nur einer, mit dem er seine Stimme dieser Frau, die ihn mit dem Blau ihrer Augen aufsog, näherbringen konnte.

»Serena«, sagte er. Mehr nicht. Nur Serena.

Die junge Frau schüttelte den Kopf, atmete durch die Nase und tat dann etwas, was noch nie geschehen war: Auf ihrem Gesicht erstrahlte ein geradliniges Lächeln, das die Städte ihrer winzigen Ohren wie eine Brücke aus Goldfäden verband und es in Himmel und Meer unterteilte, es zum Horizont machte.

Sie lächelte. Serena lächelte und Isaac verstand. Er lief die Treppe hinunter, durchsuchte wie besessen die Kellergewölbe des Palastes und kehrte an das Bett der jungen Frau mit einem Stück Faden zurück, den er auf ihr strahlendes Lächeln legte. Aus dem Fensterrahmen des Raumes brach er eine kleine Holzleiste heraus und band den Faden an ihren beiden Enden fest. Anschließend zeigte er ihr das kleine Instrument, das er während seines Aufenthalts im Palast gebaut hatte, und Serena legte es sich an den Hals, griff entschlossen nach dem Bogen mit dem gespannten Faden, der ihrem Lächeln nachgebildet war, und stimmte die ersten Töne einer Melodie an, die Isaac von Dingen erzählte, die er sich bis zu diesem Zeitpunkt nicht vorzustellen gewagt hätte. Sie sprach von der Nicht-Musik, vom Nicht-Wort und auch von der Liebe.

Auch von der Angst. Serena fuhr mit einer so ausdrucksstarken, so verhaltenen Sanftheit über die Saiten des kleinen Instruments, dass Isaac die Macht der Sehnsucht, die sie in ihrem Bann hielt, verstand.

»Ich werde es Violine nennen«, flüsterte er, ohne den Blick von ihr abzuwenden.

Es vergingen die Tage, und Serena spielte am Fenster ihres Schlafzimmers. Ihre Morastaugen verloren sich in der fesselnden Melodie, die der Bogen den vier Saiten entlockte und die sie fort, weit fort führte. Isaac erschrak. Er las in diesen Augen, dass Serena auf dem Rücken ihrer Musik eine Reise ohne Wiederkehr angetreten hatte, dass Serena mit ihrer Musik den Grund der Lagune suchte. Den Schutz des Wassers. Er führte Serena in das Kellergewölbe des Palastes, setzte sie auf einen Hocker und machte sich ans Werk. Während sie sich in ihrer Wassermelodie verlor, schuf er mit dem Blick auf ihr Lächeln, diesem perfekten, von zwei zarten Mädchenohren gerahmten Horizont, im Laufe von sieben Tagen und sieben Nächten aus leichtem Holz eine genaue Nachbildung dieses gebogenen, segensreichen Lächelns. Als er sein Werk vollendet hatte, führte er Serena zu dem Boot und flüsterte: »Ich werde es Gondel nennen.«

Aber Serena kehrte zu ihrer Musik im Schlamm und Morast zurück. Er verlor sie.

Isaac zweifelte nicht daran. Er führte sie ans Ufer und

schleppte die Gondel ins schmutzige Kanalwasser. Dort stieg er ein, drehte sich um und hielt ihr auffordernd die Hand hin.

»Komm«, sagte er. Serena blinzelte. Sie zögerte einen Augenblick, unbeweglich wie ein Schatten, die Augen auf diese Hand aus Fleisch und Blut geheftet, die sie aus dieser Welt der Stille entführen wollte, die für sie der Tiefe der Lagune entsprang.

»Komm«, drängte Isaac. Serena fiel in sich zusammen wie ein alter Fächer. Ihr Lächeln erlosch, und ohne mit dem Spiel aufzuhören fragte sie: »Wird es wehtun?«

Isaac wusste nicht, was er antworten sollte. Auf dem schmutzigen Kanalwasser schaukelnd, hielt er ihr noch immer die Hand hin und sah sie zögern.

»Komm«, wiederholte er hartnäckig.

Nun gab Serena nach. Sie stieg unsicher in die Gondel, setzte sich an den Bootsrand und starrte, ohne mit dem Spiel aufzuhören, in die Tiefe.

Je weiter sie sich von der Stadt entfernten, desto dichter wurde die Luft, und die Melodie von Serenas Violine erlosch wie eine nass gewordene Kerze. Als schließlich Stille in der Lagune herrschte und sich die letzten Spuren von Venedig im Nebel verloren, wandte sich Serena an Isaac und fragte ihn mit kaum vernehmbarer Stimme: »Werden wir zurückkehren?«

Isaac streichelte mit den Fingerspitzen über ihre Hand und flüsterte: »Es wird wehtun.«

Serena lächelte erneut. Sie legte sich die Violine an den Hals und warf einen letzten Blick in den Nebel. »Ich weiß.«

Dann erklang wieder die Musik. Der Bogen fuhr über die Saiten, und die Stadt schloss sich über dem Morast und den Jahren, um auf die Rückkehr des Erfinders und seiner Violinenfrau zu warten.

Bis heute.

Bis hier.

Serena und Isaac

»Komm.«

Isaac sieht mich vom Sofa aus an. Er hat helle, kleine Augen. Wenn er spricht, bewegt er kaum die Hände, er redet mit dieser ihm eigenen, an der Stille kratzenden Stimme, eine Stimme, dafür gemacht, nicht zu lügen. Stimme des Meeres.

Er sagt nur das. Nicht »Komm her«. Nicht »Komm, wir müssen reden«. Nicht »Komm, damit ich dir erzähle, damit ich dir sage, damit ich dich tadle, damit ich dich ärgere, damit ich dich langweile«. Komm. Bis ich ihn kennenlernte, waren Worte für mich kleine Alarmsignale: Minen auf dem Weg. Gefahr. Vorsicht. Bis er kam, war die Serena, die ich nicht mehr bin, auf einer doppelten Koordinate angelegt, die alles andere entstellte. Doppelt, ja. Zwei.

Koordinaten: in der vertikalen die Kindheit, die ich hatte. In der horizontalen die, die ich nicht haben konnte.

Bevor Isaac kam, ekelte sich das Mädchen, das ich war, vor Leber und mochte Landkarten. In der vertikalen entdeckte ich, dass mein Vater nach Tabak roch und meine Mutter nach schlechter Laune. Wir wohnten im zweiten Stock und hatten ein Fischgeschäft. Sie träumten davon, aus ihrer Tochter eine Anwältin zu machen. Ich davon, erwachsen zu werden und allein auf Reisen zu gehen. Weit weg. Auf die andere Seite.

In der horizontalen zu meinem Körper war die Geige. Ich begann sie mit fünf Jahren zu spielen. Seitdem war alles ein vor und nach der Musik, der Bewegung, des Nicht-mit-beiden-Beinen-auf-dem-Boden-stehen-Wollens. Die Geige betäubte das Schweigen, das durch die Wohnung waberte, das hässliche Schweigen von Papa, das noch schlimmere von Mama. Ich füllte es mit Musik.

Papa stand von Dienstag bis Samstag jeden Morgen um drei Uhr in der Frühe auf. Nach einem kalten Kaffee und ein paar Zigaretten fuhr er zum Einkaufen auf den Fischmarkt, während meine Mutter mit Gummischürze, Handschuhen und zusammengepressten Lippen im Laden auf ihn wartete. Ich weiß nicht, ob sie sich dort ansahen. Zuhause nur selten. Eines Tages, als ich schon älter war, wollte ich wissen, wie diese Morgen im Fischgeschäft waren, wie diese Welt war, die ich nur vom Hörensagen kannte. Ich fragte Mama. Wir befanden uns im Krankenhaus. Ihr war gerade eine Brust abgenommen worden. Sie hatte Schmerzen, beklagte sich aber nicht. Sie war eine gute Patientin.

Sie sah mich an wie jemand, der einen hässlichen Fleck auf dem Leintuch sieht, und knirschte mit den Zähnen. Dann griff sie zu ihrem nicht vorhandenen Ohrring und bellte: »Ein Albtraum.«

Ich wollte mehr wissen. Sie schloss die Augen und stammelte, wie immer, wenn wir über ein Thema redeten, das ihr unangenehm war: »Später.«

Zuerst starb Papa. Sie folgte ihm ein Jahr danach. An einem Apriltag brach sie sich auf der Bordsteinkante vor dem Haus das Genick. Es hatte zu nieseln begonnen, und der Asphalt wirkte wie ein schmutziger Spiegel. Sie konnte sich nicht darin sehen, bevor sie stürzte. Am Tag nach ihrer Beerdigung stand ich im Morgengrauen auf, fuhr mit Papas Lieferwagen zum Fischmarkt und kehrte mit Kisten voller Meeresfrüchte und Fisch zurück: Rotbarsch, Seehecht, Miesmuscheln, Venusmuscheln, ein paar Seeteufel, Lachs und ein großes Stück Thunfisch. Ich legte alles in die Ladentheke, wie es Mama getan hatte in ihrem krankhaften Sauberkeitsfimmel, der sich im Laden und beim sonntäglichen Reinemachen daheim zu entfalten pflegte. Den ganzen Morgen stand ich hinter der Theke, kaute an meinen Fingernägeln und wartete schweigend darauf, dass etwas geschah. Vergeblich. Um drei Uhr nachmittags legte ich den Fisch in die Kisten zurück, putzte die Theke und warf die Kisten in den Müllcontainer neben der Haustür. Dann ging ich zu meinem Freund und bat ihn, mich zu bitten, ihn zu heiraten.

In der Hochzeitsnacht geschahen mehrere Dinge, vorher und nachher. Währenddessen nur eines: Als Ricardo in mich eindrang, riss sein Eichelbändchen und er tränkte mich mit Blut. Ich sah den großen, dunkelroten Blutfleck, der sich wie die Tinte einer verletzten Krake auf dem Leintuch ausbreitete, und dachte, es stamme von mir, und sagte nichts. Schließlich hob er den Kopf und sah mich an. Ich weiß nicht, was er sah. An der Rezeption rief man einen Krankenwagen, und die restliche Nacht verbrachten wir im Krankenhaus. Er im Operationssaal. Ich weinend im Wartesaal. Manchmal in der Hoffnung, er möge nicht aus der Narkose erwachen. Ein andermal im Stillen um seine Genesung betend und darum, nicht wieder verwaist zurückzubleiben.

Ricardo und ich verbrachten zehn Jahre miteinander. Ich langweilte mich so sehr mit ihm, dass sich mit der Zeit meine Augenfarbe veränderte. Waren sie vorher graublau gewesen, schimmerten sie jetzt in einem glänzenden, kräftigen Gelb. Gab es vorher die Lust, sich eine Zukunft auszumalen, gab es jetzt die Notwendigkeit, nicht in ihr anzukommen. Ricardo war Architekt und geschickt, außer beim Essen und beim Sex. Er hatte ein paar Wochen vor unserer Hochzeit das Studium abgeschlossen, brauchte aber acht Jahre für seine Abschlussarbeit über ein Polizeikommissariat, dessen Parkplatz er vergaß, die von der Prüfungskommission trotzdem für gut befunden wurde, weil ihre Mitglieder es wohl satt hatten, sich Jahr für Jahr mit solch stumpfsinnigen Projekten herumzuschlagen. Außerdem war ein Parkplatz mehr oder weniger auch nicht so wichtig. Wirklich wichtig waren die Pläne, das Gebäude, das Design, die Kohärenz. Und in Sachen Kohärenz und Plänen war Ricardo ein Ass. Er war auch ein Mann mit vorzeitigem Samenerguss. Das war er von Anfang an, obwohl ich das erst einige Zeit später erkannte, denn die Wunde aus der Hochzeitsnacht brauchte ein paar Monate, bis sie verheilt war. Im Bett kam von ihm wiederholt ein »Es tut mir leid«, worauf ich automatisch mit einem »Macht nichts« und ein paar stimulierenden Streicheleinheiten antwortete, bis er wieder erregt war und weitermachen konnte, tollpatschig, schuldbewusst und schwerfällig, im Wunsch, mir irgendein Stöhnen zu entlocken.

Ich beschloss, auf Reisen zu gehen. Mich mit Landkarten zu beschäftigen.

Ricardo arbeitete nachts. Er schloss sich in sein Arbeitszimmer ein, um Gebäude zu entwerfen, die er meist nicht fertig stellte. Wie im Bett war seine Kreativität ein Anfall von Leidenschaft, der kaum ein paar Minuten vorhielt und nach dem ersten genialen Ausbruch verpuffte. Während er in seinem Arbeitszimmer Pläne entwarf, schlief ich über der Lektüre von Reiseführern und dem Zeichnen von Routen in einem Atlas ein, den ich mir jedes Weihnachten selbst schenkte. Ja, mein persönlicher Julklapp.

Dann träumte ich.

Eines Nachts erwachte ich im Morgengrauen mit verkrampftem Herzen und kaum Luft in den Lungen. Neben mir schlief Ricardo auf dem Rücken. Ohne zu schnarchen, fast ohne zu atmen. So wenig lebendig. Ich lag im Dunkeln und wurde mir plötzlich bewusst, dass der schlafende Mann neben mir das leibhaftige Abbild meines Vaters war, dasselbe Nicht-Atmen, dasselbe Nicht-dasein-Wollen. Ich hatte Angst. Angst, wie meine Mutter zu sein, ein verfluchtes Gleichnis von Nicht-Verzeihen, von Nicht-Danken darzustellen.

Ich schaltete das Licht ein. Ich setzte mich im Bett auf, schlug blind den Atlas auf und ließ, wie in vielen Nächten zuvor, meiner Fantasie freien Lauf.

Am Morgen fand er mich mit geschlossenen Augen über die Seiten des Atlas fahrend vor. Es war nicht das erste Mal. Er kuschelte sich an mich und wollte Wärme. Ich rührte mich nicht.

»Ich kenne niemanden, der so in Atlanten vernarrt ist wie du«, murmelte er aus der Nische des leeren Raums heraus, den er neben mir einnahm. Ich malte mir aus, wie ich mit einem Kanu auf dem sanften Murmeln seiner Stimme eintauchte in diese Wasserwelt voller toter Fische wie die, die auf den Kissen aus Eis in der Ladentheke des Fischgeschäfts schliefen.

»Ich mag Landkarten«, sagte ich so dahin. Im Gebäude gegenüber tanzte jemand im Wohnzimmer, eine unscharfe Silhouette bewegte sich mit leichtfüßigen Schritten zum Klang einer Musik, die ich nicht hörte.

»Warum?«

Ich lächelte. Eine so oft wiederholte Frage. »Weil ich sie nicht verstehe.«

Verhaltenes Auflachen. Von ihm. »Und?«

Und was.

»Ich mag die Namen der Vulkane und der Wüsten. Aber vor allem stelle ich mir gerne die Entfernungen vor. Ich male mir aus, was es dort gibt, wo es nichts gibt.«

Wir schwiegen eine Weile. Es war Frühling. Hin und wieder wehte durch das offene Fenster der leichte Chlorgeruch eines Swimmingpools herein. Ich schloss die Augen und versuchte mir vorzustellen, wo zwischen all dem Zement eine Wasserpfütze hineinpasste. Es wurde früher hell und die Tage waren länger.

»Ich würde gerne nach Venedig fahren.« Das war alles, was mir zu sagen einfiel: Venedig.

Ricardo drückte seine Lippen auf meinen Rücken. »Warum?«

Ich spürte seinen heißen Atem auf der Haut und empfand mich als so kalt, dass ich Angst bekam. »Vielleicht könnte ich lernen, mich genussvoll treiben zu lassen.«

Ein paar Minuten lang geschah gar nichts. Ich fantasierte weiter, bis er aufstand und hinter der Badezimmertür verschwand, die er wie immer nicht schloss.

»Venedig soll ein Labyrinth sein«, verkündete seine verschwommene Stimme in den trägen Morgen hinein. Etwas in den Strömungen dieser Stimme lief mir wie eine hässliche Flut über den Rücken.

Ich war in Venedig, ja. Wir waren dort. Ich konnte Ricardo davon überzeugen, dass es uns guttun würde, mit etwas zu brechen, an das ich mich jetzt nicht mehr erinnere. Sechs, sieben Tage. Wir schliefen auf einem Campingplatz am Stadtrand. Vom ersten Tag an regnete es ununterbrochen, ein seltsamer Regen, dicht, endlos. Wir sprachen wenig in jenen Tagen. Wir spazierten durch Gässchen und an Kanälen entlang und durch unser Schweigen wie zwei Mäuse in einem gläsernen Labyrinth. Jeder in seinem eigenen.

Die Rückkehr nach Barcelona war wie jede Rückkehr in das, vor dem man flieht. Es dauerte zwei Jahre, bis ich wieder einen Atlas aufschlug. Ich überließ es dem Leben, mich zwischen Konzerten, Besorgungen, der Routine und der flüchtigen Spur der Nicht-Hoffnung zurückzugewinnen.

Bis zu jenem Abend nach der Probe. Ricardo war auf einem Kongress, und ich hatte nach Verlassen des Konzertsaals einen Spaziergang gemacht. Ich brauchte frische Luft und wusste weder, wo ich hingehen sollte, noch hatte ich Eile, es herauszufinden. Ich kam an einem Antiquariat vorbei, und als ich ihn sah, konnte ich nicht widerstehen. Der Einband war geknickt und der Buchdeckel verblasst. Er war benutzt, tausendmal geöffnet worden. Ich schnupperte an ihm. Dann kehrte ich zum Konzertsaal zurück, ging in die angrenzende Cafeteria und setzte mich zum Essen an den Tresen. Ich hatte solche Angst, den Atlas aufzuschlagen, dass ich den Teller mit der Tortilla daraufstellte und zu essen versuchte, aber so schwitzte, dass mir die Gabel aus den Fingern glitschte. Als ich mich endlich durchgerungen hatte, war es zu spät. Neben mir wartete jemand. Er wollte sich setzen. Es war ein Mann. Ich wollte ihn nicht neben mir haben. Ich wollte keine Zeugen, aber er war allein und suchte das Gespräch.

Er räusperte sich.

Ich sah ihn nicht an.
Er kam näher und tippte mir auf die Schulter.
Ich drehte mich um.
So begann alles.
So begann Isaac.

»Es tut weh.«

Es tut weh. Das ist ein typischer Satz von Serena. Dieser und »Gibt's noch was?«. Zwischen dem einen und dem anderen gibt es keinen Mittelweg, es ist »Es tut weh« oder »Gibt's noch was?«. Als ob ein Konzert zu Ende wäre und sie von jemandem gefragt wird, wie es war. Manchmal tut es weh, ein andermal ist alles zu wenig. Serena ist so, seit ich sie kenne. Ich weiß nicht, ob sie früher auch so war. Ich weiß nur wenig von der Serena vor mir, vor der Nacht, in der sie mit ihrem Schweigen und ihrer gerunzelten Stirn in mein Leben trat. In jener Nacht saß sie an einem Tresen. Von hinten betrachtet gab es in dem Raum, der sie umgab, weder eine Atempause noch eine Lücke für etwas anderes als sie und ihre Geige, die auf dem Barhocker neben ihr lag. Ich fragte sie, ob sie den Geigenkasten wegnehmen und mir den Platz freimachen könne. Sie drehte sich um und sah mich an, zog eine Augenbraue hoch und schien nach einer Antwort zu suchen, die keine weiteren Fragen zuließ.

»Warum?«, erwiderte sie.

Ich wusste nicht, was ich antworten sollte.

»Ich habe beim Essen nicht gerne Leute neben mir«, erklärte sie und wandte sich wieder ihrem Teller zu.

Ich rührte mich nicht von der Stelle. Sie aß weiter, bis sie mich wieder ansah, mit verärgerter Miene zu ihrem Geigenkasten griff und ihn zwischen ihre Beine stellte.

»Geigerin?«, war das Einzige, was mir zu sagen einfiel.

Ihre Schultern antworteten mit einem Achselzucken, hoben sich im schmutzigen Spiegel über dem Tresen. Sie aß weiter. Einen Augenblick später hörte ich sie sagen: »Warum isst du an einem Montagabend um diese Uhrzeit in einer Bar?«

Ich konnte mir ein Lächeln nicht verkneifen. Sie sah mich nicht an. Es vergingen die Sekunden. Da schien ihr aufzufallen, wie merkwürdig ihre Frage gewesen war, und sie korrigierte sich mit einer Erklärung, die nach Entschuldigung klang. »Ich bin gerade erst in dieses Viertel gezogen.«

Wir aßen wortlos, jeder in sein eigenes Schweigen gehüllt. Als sie fertig war, zahlte sie, nahm ihre Geige und einen alten Atlas mit geknicktem Einband, den sie unter ihrem Teller versteckt zu haben schien, und verschwand. Als ich Mama am nächsten Tag besuchte, erzählte ich ihr von ihr, aber Mama war nicht anwesend. Sie lebte und trank, manchmal heimlich, manchmal öffentlich. Zu jener Zeit war es am schlimmsten.

Eine Woche später sah ich Serena wieder. Zur selben Zeit, am selben Tresen und wieder mit derselben Geige. Ich blieb vor dem Geigenkasten stehen, und sie sah mich ungeduldig an. Dann nahm sie die Geige herunter und gab dem Barhocker einen Tritt.

An dem Abend redeten wir. Mir fiel auf, dass sie gelbliche Augen hatte und dass mir ihre Stimme gefiel. Als wir mit dem Essen fertig waren, schlug ich ihr vor, einen Spaziergang zu machen. Sie sah mich mit einem seltsamen Lächeln an, das ich nicht zu entziffern vermochte.

»Wozu?«, fragte sie plötzlich.

Das ist auch so eine typische Frage von Serena. Wozu. Nicht »Warum?«. Nicht »Seit wann?«, »Wohin?«, »Bis wann?«. Wozu.

Es fiel mir schwer zu antworten. Ich kann nicht gut lügen. »Um uns besser kennenzulernen?«

Sie blinzelte nicht einmal. »Wozu?«

Ich konnte ihrem Blick nicht standhalten. Wir setzten uns in Bewegung. Es war weder kalt noch warm. Eine ganze Weile gingen wir schweigend, bis sie an einer Straßenecke stehen blieb, seufzte und mir den Geigenkasten hinhielt.

»Trägst du ihn ein Weilchen?«

Ich tat es. Bevor wir weitergingen, hörte ich sie murmeln: »Wenn du ihn fallen lässt, bring ich dich um.«

Ich blieb unvermittelt stehen. Sie ging weiter, den Blick auf den Boden geheftet. Ein paar Schritte noch, dann blieb auch sie stehen. Sie hob den Kopf und drehte sich um.

»Bist du immer so?« Verletzt. Ihre Drohung hatte mich verletzt. Ihr Misstrauen hatte mich verletzt. Auch ihre Stimme.

Sie zog eine Augenbraue hoch. »Wie ›so‹?«

Wie »so«. Mir fielen plötzlich viele Sos ein, mit denen ich sie hätte beschreiben können, mit denen ich die Häuserfassaden sämtlicher Alleen der Stadt hätte überziehen können: so brüsk, so scharfzüngig, so angespannt, so zerbrechlich … Doch bevor ich sie noch aussprechen konnte, sah sie mir in die Augen und kam mir mit ihrer Antwort zuvor, wobei sie mir ihren Handschuh ins Gesicht warf. Herausfordernd.

»Ja, immer.«

Ich wollte sie fragen, warum. Vielleicht war es die Lust,

weiter ihre Stimme zu hören. Ich hob den Handschuh auf und hielt ihn hoch.

»Ich mag die Leute nicht«, flüsterte sie, und ihr Blick verlor sich auf den Markierungen des Fußweges.

Ich bin nicht »die Leute«, wollte ich schon antworten. Oder vielleicht habe ich es gesagt, ich erinnere mich nicht mehr. Ich erinnere mich an ihre Antwort, das schon. Es war eine traurige Antwort.

»Das habe ich früher gesagt.«

Wir sahen uns an. Sie verzog den Mund zu einem Lächeln wie ein bockiges Mädchen.

»Jetzt nicht mehr«, sagte sie. »Früher schon.«

Wir gingen weiter und gelangten zur Gran Vía. Eine laue Brise wirbelte die Minuten der Nacht um uns auf. Ich mochte den Geruch. »Wie warst du?«

Sie lehnte sich an eine Ampel und runzelte die Stirn wie ein frisch gepflügtes Feld. Ich musste schreien, um mich über das Dröhnen der anfahrenden Omnibusse hinweg verständlich zu machen.

»Früher, wie warst du?«

Ihr Auflachen klang so trocken wie ein Stück zertrampelter Karton. Dann sah sie mich an. Es waren so viele Dinge, die ich in diesen Augen las, dass ich meine Frage einen Moment lang bereute. Zum ersten Mal hatte ich sie überrumpelt, sie schrumpfte förmlich in ihren Sportschuhen. Ich spürte einen Knoten im Hals. Sie legte mir eine Hand auf den Arm.

»Früher hatte ich ein Leben und meine Geige. Jetzt bleibt mir nur noch die Geige.«

Damit fing alles an.

Damit fing Serena an.

Seither sind viele Jahre vergangen. Heute liegt dieser erste gemeinsame Abend mit ihrer Geige unterm Arm weit zurück. Das war der Anfang. Serenas Rücken zeigt sich mir von der Küchentür aus, und bei seinem Anblick im dunklen Rahmen weiß ich, dass auch heute etwas wehtut. Und wenn ich sie leiden sehe, fehlen im gegenwärtigen Puzzle Teile, und ich belebe Momente, die ich mit ihr gelitten und die ich nach und nach zu erkennen, zu entschlüsseln gelernt habe.

»Es tut weh«, sagt ihr Rücken mit seiner Haltung. Als sie das zum ersten Mal sagte, fiel es mir schwer, ihr zu glauben. Ich dachte, sie würde scherzen, weil das nicht sein konnte.

Bei mir zuhause. Wir hatten einen Spaziergang gemacht. Es war Sommer und fast dunkel. Ich war auf die Terrasse gegangen. Über uns brannte die Stadt in einem in der Hitze verblassenden Regenbogen. Serena war im Bad. Ich hörte sie herauskommen, die Tür schließen, und ich hörte auch ihre nahenden Schritte, ruhige Schritte, die plötzlich innehielten. Ich wartete einen Moment, bis ich mich umdrehte und sie anblickte. Sie lehnte am Fensterrahmen. Das Abendrot färbte ihre Augen orange. Aus der kurzen Distanz zwischen uns lächelte sie mich an. Ich lächelte ebenfalls und hielt ihr die Hand hin. Sie streckte ihre aus, ohne sich sonst zu bewegen.

»Komm«, lud ich sie flüsternd ein.

Sie verkrampfte sich. Ihr Lächeln, ihre Hand und ihr Blick verkrampften sich. Sie blieb, wo sie war, und sah mich an, ohne mich zu erkennen. Sie entnahm der Atmosphäre Dinge, die nur sie sah und die ich nicht verstand. Ich dachte, sie hätte mich nicht richtig verstanden. Ich dachte, sie hätte mich falsch verstanden oder umgekehrt.

»Na los, komm«, wiederholte ich etwas lauter.

Sie trat einen Schritt zurück, angespannt wie ein Kabel, fast mechanisch. Ihr Gesicht war grau. Ich sah sie schwer schlucken, ich hörte es fast. Ich erschrak. »Ist was?«

Auf der Straße schrie jemand. Jemand schrie, und ich leitete diesen Schrei weiter, denn ich las ihn in Serenas Augen. Ein hässlicher, verhaltener Schrei, verrostet. Serena begann sich sanft an der Schulter zu kratzen, als versuche sie, in dieser Geste etwas zu finden, das sie sagen könnte, etwas, das ihr schwerfälliges Atmen, die Stummheit ihrer zusammengepressten Lippen erklärte. Ich machte einen Schritt auf sie zu. Da hob sie die Hand und zeigte mir ihre Innenfläche, als würde sie mir einen Räumungserlass, einen unerwünschten Brief hinhalten.

»Nein«, lautete ihre Antwort.

Nein. Einen Augenblick lang wusste ich nicht, was ich sagen sollte. Ihre Handfläche am Horizont, auf der Höhe ihrer Augen, die kleine, glänzende Handfläche, aus der zu lesen sie mich einzuladen schien. Als ich noch einmal fragen wollte, zerschnitt ihre Stimme die kurze Entfernung zwischen uns.

»Nein«, wiederholte sie. »Nicht ›komm‹.«

Wir sahen uns an. Sie begann den Kopf zu schütteln. Zuerst ganz sachte, kaum wahrnehmbar. Dann wurde ihr gesamter Körper geschüttelt, wobei sie ganz, ganz langsam und immer leiser, fast unhörbar wiederholte: »Nicht komm. Nicht komm. Nicht komm.«

Und bei diesem wiederholten »Nicht komm« liefen ihr Tränen so fein wie Violinensaiten über die Wangen, Tränen und das zarte Wimmern eines gebrochenen Kindes, was ich schlecht aufnahm, was mich aus der Fassung brachte. Ich tastete nach dem Geländer hinter mir, fand es aber nicht. Ich tastete blind, wollte mich an der kalten Stange festhalten, die mich vom Vakuum der Straße trennte, unfähig, den Blick von dem zerbrechlichen Mädchen abzuwenden, in das sich Serena verwandelt hatte. Ich brannte mir diese Augen, diesen krampfhaft hin- und herzuckenden Kopf ins Gedächtnis ein.

Damals lernte ich, dieses Wort zu umgehen, es zu verbannen, obwohl sie mit der Zeit, als wir uns besser kennenlernten, eine schonendere, schützendere Formel fand, um mich auf meine Ungeschicklichkeit aufmerksam zu machen, wenn ich einmal zerstreut war und zum falschen Zeitpunkt über eines dieser »Komm« stolperte. Die Tränen jenes ersten Males ermöglichten ein »Es tut weh«, das trotz seiner augenscheinlichen Schonungslosigkeit zwischen uns beiden eine Brücke der gegenseitigen Sensibilität bildete. Wir beide freuten uns über die Entdeckung, auch wenn es für Dritte nach einer schockierenden und nicht unbedingt verständlichen Losung klingen mag.

»Es tut weh«, sagt Serena, wenn mir eines dieser »Komm« entschlüpft. Manchmal lachen wir sogar. Andere Male sieht sie mich an, als erkenne sie mich nicht, als würde eine Triebfeder des Schmerzes in ihrem Gedächtnis ausgelöst, die eine schlecht verheilte Wunde aufreißt.

Heute war eines dieser Male. Ihre Antwort war tonlos zu mir gelangt, von ihrem Rücken. »Es tut weh«, sagen diese Schultern, die ich so gut kenne. Aber heute hat es kein »Komm« gegeben, und doch liegt Schmerz in der Antwort. Serena hat etwas. Seit Tagen treibt sie mit Schlagseite dahin, an ihre Geige und dieses Schweigen geklammert, von dem ich manchmal nicht weiß, wo ich es verankern soll. Es war das Beschwören von Venedig; Venedig zu sagen und zu sehen, wie Serena in eine graue Pfütze stolpert, die nur ihre Augen sehen.

»Meine Mutter hat mich eingeladen, am nächsten Wochenende mit ihr nach Venedig zu fliegen«, sagte ich vor ein paar Tagen zu ihr. Ich freute mich und glaubte, dass meine Freude herzlich aufgenommen würde. Sie sah mich vom Sofa aus an und lächelte mit den Lippen. Mit den Augen nicht.

»Wie schön«, lautete ihre Antwort. Wie schön. Das war nicht sie. Nicht ihre Antwort. Serena antwortete nie so. Dann senkte sie den Blick und fragte: »Nächstes Wochenende heißt am Freitag?«

Ich lächelte. Das war eine für sie typische Frage. »Ja, am Freitag.«

Sie sagte nichts mehr. Sie saß regungslos auf dem Sofa und starrte zu Boden. Dann stand sie auf und küsste mich im Vorbeigehen auf den Hals. Es war weder ein zerstreuter noch ein flüchtiger Kuss. Es war ein Kuss voller Serena, voller Zweifel.

Seither gibt es eine winzige Kluft zwischen uns beiden, etwas, das nicht da sein sollte. Seit jenem Nachmittag sitzt Serena stundenlang auf der Terrasse und spielt auf ihrer Geige, die zu weinen scheint. Du hast etwas, möchte ich zu ihr sagen, wenn ich sie mit dem Kinn auf das Holz gepresst über die Saiten streichen sehe, als würde sie der Geige Stimmen und Klänge entlocken, die ihren Kopf bevölkern. Komm, möchte ich zu ihr sagen. Ich liebe dich, möchte ich ihr sagen. Manchmal hebt sie den Kopf, und ich sehe ihren Blick voller Worte und wirrer Botschaften auf mir ruhen, die ich nicht verstehe, im Kampf mit etwas, das ich nicht ergründe. Jetzt sehe ich sie da stehen und würde alles dafür geben, um einen Augenblick in sie hineinschlüpfen und ihr Inneres mit den Fingerspitzen berühren zu können, innerlich an ihr zu kratzen, um sie ganz kennenzulernen. Wenn sie mich ansieht, frage ich sie vielleicht, was ich nicht fragen sollte. Denn bei Serena ist jede Frage ein gehauchter Ton, ein tastender Schritt.

»Was ist mit dir?«

Isaac sieht mich vom Sofa aus an. Seine Frage hängt im Raum wie ein schlecht verankertes Gerüst über einer zu engen Straße. »Was ist mit dir?« Das ist die Frage. Wie heute passiert es manchmal, dass ich ihn ansehe und so sehr liebe, dass mir die Hände wehtun, weil er nicht in meiner Reichweite ist. Wenn er den Irrgarten kennen würde, den meine Art der Liebe zeichnet, die leuchtend grünen Hecken, hinter denen ich mich verstecke, die verschlungenen Pfade, die dunklen Winkel in diesem schrecklichen Labyrinth meiner Empfindungen für ihn, würde er mich verlassen.

Weil ich verrückt bin.

Zwischen seine Frage und meine Liebe für ihn schob sich vor ein paar Tagen die Nachricht: Isaac verreist. Mit seiner Mutter. Drei Tage nach Venedig. Ohne mich.

Das gefällt mir nicht. Nicht nach Venedig.

»Sag es mir«, insistiert er in einer Anwandlung von Mut, der gut zu seinen Schultern eines starken Mannes passt. In seiner Stimme schwingt Heiterkeit mit. Sie ist immer da. Seit dem Abend, als wir uns kennenlernten.

»Es wird dir nicht gefallen.« Die Tür bohrt sich in meinen Rücken. Ich rede nicht gerne so. Mit Isaac nicht. Warum habe ich nicht gelernt, mich anders auszudrücken? Warum nur mit meiner Geige?

Ich drehe mich um. Von nahem betrachtet hat die Tür

Risse im Holz. Von nahem betrachtet habe ich tatsächlich die Finger einer Geigerin.

»Ich würde gerne mitkommen.« Schweigen. Noch mehr Holz und noch mehr Risse. »Nach Venedig. Mit dir und deiner Mutter.«

»Ich weiß.« Es ist Sanftmut in dieser Stimme. Und es ist Isaac. So viel.

Ich weiß, dass er es weiß. Auch, dass ich so nicht reden sollte. Ich bin nicht so. Ich möchte nicht sein, wo ich nicht sein sollte. Auch nicht bitten. Nein, ich kann nicht bitten.

»Ich dachte, du hättest gesagt, deine erste Reise nach Venedig machen wir gemeinsam.« Ein Vorwurf. Es ist meiner, der Vorwurf kommt von mir. Wut. Ich bin wütend. Wütend auf Elsa, weil sie Isaac drei Tage nach Venedig entführt. Wütend auf Isaac, weil er zugesagt hat. Weil er mich hier zurücklässt, gestrandet in einem Wochenende ohne ihn. Weil es nicht der richtige Zeitpunkt ist, nicht für mich. »In Venedig wirst du etwas erleben. In Venedig erlebt man immer etwas.« Schweigen. Isaac sagt nichts, obwohl in seinem Nichtssagen kein Schweigen enthalten ist. Ich beende den Satz. Er wartet. »Und ich möchte bei dir sein, wenn du etwas erlebst.«

Ich höre ihn vom Sofa aufstehen. Ich höre seine Schritte auf dem alten Holzboden des Wohnzimmers. Das Knarren des Holzes unter dem Gewicht seines Körpers. Dann seine Arme, so körperlich, so kompakt. Er stützt sein Kinn auf meine Schulter, und sein Ohr kitzelt mich am Hals.

»Und ich, wenn ich etwas erlebe oder wenn ich nichts erlebe.« Es ist seine Stimme an meinem Hals. Ich habe so eine Stimme bisher nicht gekannt.

»Warum?«

Er lächelt. »Weil fast alles, was ich erlebe, du bist.«

Das gefällt mir nicht. Ich möchte keine solche Antwort, und er hätte das wissen müssen. Ich spüre seine Hände auf meinem Bauch, und mich durchzuckt ein Schauer, der seine Wärme über den Bauchnabel zu den Schulterblättern ausbreitet wie ein Fächer aus kleinen elektrischen Schlägen. Ich spüre vieles. Alles ist Isaac. Seit langem ist alles Isaac.

»Ich weiß nicht, ob mir das gefällt.«

»Und mir gefällt es nicht, dich hierzulassen.«

Die Wärme ist plötzlich weg. Kälte. Jetzt ist es eisige Kälte, die mich innerlich schüttelt. Und mir gefällt es nicht, dich hierzulassen, sagt Isaac. Wenn ich nicht ich wäre, würde ich fragen. Wenn es nicht Serena wäre, die hier an der Tür lehnt, hätte sie reagiert auf Isaacs zärtliche Freundlichkeit, auf diese reine Geduld, gegen die Serena keine Waffen hat. Nein, ich habe keine Waffen gegen Isaac, weil ich mich nie gegen ihn habe verteidigen müssen, weil sein Schweigen das Maß seiner Liebe für mich ist, für alles.

Für alles. Das, was wir uns nicht sagen, ist ebenso gefährlich wie das, was wir nicht zu verschweigen wagen. Das hat er einmal zu mir gesagt. Ich war zornig, sehr zornig. Ich habe so viele Jahre zornig in meinem Aquarium verbracht, allein, alle paar Stunden ernährt vom Sauerstoff meines Vaters und dem trockenen Essen meiner Mutter, dass ein leichter Schlag gegen das Glas noch heute mein Leben ins Wanken bringt.

Die Stille in meinem Aquarium. Papa und Mama draußen. Serena drinnen. Serena und ihre Geige. Serena und ihr Schweigen.

Eines Abends wollte Isaac mit mir ins Kino gehen, und ich war einverstanden, obwohl ich das Kino nie gemocht habe. Ich fühle mich nicht wohl, wenn ich vor einer Leinwand voller Menschen, Landschaften und Musik sitze. Das Gefühl, die Welt aus dem Blickwinkel meines Aquariums zu betrachten, verstärkt sich in hohem Maße, es ist so großer Lärm, der in die Stille des Wassers eindringt, in dem ich mich bewege, dass mir schwindlig wird. Und ich Angst bekomme. In Kinofilmen ertönt Musik, wenn niemand redet. In meinem Leben wird nicht geredet, weil ich die Musik vorziehe. Ich mag keine Spiegel.

Eines Abends wollte Isaac mit mir ins Kino, ja. Wir trafen uns seit ein paar Wochen, manchmal tagsüber, manchmal abends. Wir redeten viel, erzählten uns aber wenig. Ich wusste kaum etwas aus seinem Leben, hatte gerade mal drei oder vier Anhaltspunkte: Fotograf, dreiunddreißig Jahre alt, Einzelkind, keinen Vater. Das reichte mir. Es reichte uns, uns zu treffen und das zu teilen, was wir unserer Meinung nach teilen konnten, ohne mehr als der andere zu enthüllen. Wir schliefen beieinander und miteinander. In dieser Reihenfolge. Ich erinnere mich nicht an den Film, den wir an jenem Abend sahen. Ich erinnere mich, das schon, dass ein Paar mit einer Gondel durch Venedig fuhr und davon sprach, wie ihr Leben ausgesehen hatte in den Jahren, als sie beide verheiratet gewesen waren, weit weg von diesem Ort. Sie trieben über die Kanäle der Stadt, achtlos gegenüber dem Wasser, den Steinen und den Schwankungen ihres eigenen Lebens, nur achtsam für die Worte des anderen, für die Gesten des anderen. Venedig war unwichtig, und ich glühte vor verhaltenem Zorn, sie so nahe und zugleich so fern von dieser magischen Lagune, von den in der Stille des Morasts und des flüssigen

Glases versunkenen Straßen zu sehen. Wütend verließ ich das Kino. Wir gingen zu Fuß nach Hause. Es nieselte, mitten im Frühling, und der Regen war fast schön in der einsetzenden Dämmerung. Isaac legte mir einen Arm um die Schultern, und ich ging steif wie eine hölzerne Jungfrau. Wir blieben an einer Ampel stehen. Er drückte meine Schulter und gab mir einen Kuss. Dann ließ er mich los. Die Ampel schaltete auf Grün, und wir überquerten die Straße. Er ging etwas schneller. Ich sah ihn auf der anderen Straßenseite ankommen. Ich sah ihn von hinten, in Zeitlupe, ich stand mitten auf der Straße, ich hing an einem eingebildeten Faden zwischen beiden Ampeln wie ein Fisch in der Sonne, mit offenem Maul am spitzen Angelhaken, im Versuch zu gehen, zu reden, zu tun, auf der Suche nach Wasser, meinem Wasser … Ich sah, wie er sich umdrehte, seinen überraschten Blick, ich entdeckte so viele Fragen in seinen hellen Augen, dass ich Angst bekam. Ich sah ihn den Mund öffnen und meinen Namen aussprechen, aber ich hörte ihn nicht. Über seinem Kopf wechselte die Ampel die Farbe. Der Abend auch. Dann verbreitete sich Stille, eine so tiefe, so wässrige Stille, dass mir übel wurde. Ich erinnere mich, dass ich die Hand ausstreckte und zu sprechen versuchte. Und ich erinnere mich, dass ich Musik hörte, eine so traurige Musik, dass ich mich leer vor Kummer fühlte.

Als es mir unter dem Hupen und Schimpfen der Autofahrer endlich gelang, die Straße zu verlassen und zum gegenüberliegenden Fußweg zu gelangen, ergriff Isaac meine Hand und streichelte mir übers Gesicht. In seinen Augen sah ich das Meer. Und so viel Freiheit, das Blau war so intensiv, dass ich in diesen Augen schwamm, dass ich den Blick abwandte und im Nieselregen sein Ohr suchte, mich in ihm und in seinen Echos zusammenkauerte, klein, die kleine Serena, die schweigsame Serena. Dann sagte ich etwas, das ich mich noch nie habe sagen hören, das zu fühlen oder zu denken ich mich nicht erinnern kann. Ich sprach und barst wie eine Walnuss, die auf einen Stein schlägt. So viel Kummer, dass ich nach Luft zum Weitersprechen rang.

»Ich erinnere mich nicht an die Stimmen meiner Eltern, Isaac.«

Obwohl es nicht ganz so war. Es ging langsam, von einem Wort zum nächsten springend wie Steine über das Wasser. Eine Brücke zwischen meiner unbewussten Wahrheit und dem realen Augenblick.

Ich empfand seine Hand an meinem Hals wie ein Netz, das sich über mir zuzog. Ich empfand seine Hand wie einen feuchten, kräftigen Seestern mit weichen Stacheln. Und so verharrte ich, an ihn geschmiegt, unter der Ampel im Nieselregen und wiederholte ein ums andere Mal in diese kleine, widerhallende Muschel meine Wahrheit eines Waisenkindes, im Versuch, mir Raum zu schaffen, Süßwasser weinend über das, was ich nie hatte.

»Ich erinnere mich nicht, Isaac. Icherinneremichnicht-IsaacIcherinneremichnichtIsaacIcherinneremichnicht-Isaac.«

Da tat er etwas so Außergewöhnliches, so jenseits des Vorstellbaren und so wahrhaftig, dass ich mich eine Sekunde lang lebendig fühlte, lebendig in Übereinstimmung mit allem, was um mich herum existierte: mit den Autos, dem Lärm, dem Regen, dem feuchten Aprilabend … lebendig mit mir, mit Serena. Isaac sagte etwas, das ich nie vergessen werde, drei Worte, die meinen Weg, meinen Bahnsteig, meinen Fahrplan veränderten.

»Ich verstehe dich.«

Das sagte er an jenem Abend an der Ampel. Ich verstehe dich. Nicht »Ich liebe dich«. Nicht »Liebling«. Nicht »Beruhige dich«. Nein. Ich verstehe dich. Und in diesen drei Worten steckte viel, viel mehr, als mir je jemand gesagt hatte. Sie enthielten eine so große, so umfassende Wahrheit, dass ich wusste, sie waren ehrlich gemeint. Und ich wusste auch, dass er mir kein Leid zufügen würde, dass Isaac vielleicht in mein Leben getreten war, um mir beizubringen, mich gegen mich selbst zu verteidigen, für mich selbst zu sorgen.

Wir gingen eingehängt weiter, schlenderten ziellos durch die Straßen. Als wir wieder in seiner Wohnung waren, kochte er Tee. Wir setzten uns auf die Terrasse und tranken schweigend. Es war fast dunkel, und von hier aus roch die Stadt gut.

»Mein Vater starb, als ich neun Jahre alt war«, sagte er plötzlich. Auf der Dachterrasse gegenüber entdeckte ich zwischen den Pflanzen eine Gestalt. Es war eine Frau. Schon älter. »Ich lag im Krankenhaus. Mir war gerade der Blinddarm entfernt worden, und meine Mutter blieb in jener Nacht bei mir.«

Die Frau begutachtete jeden Blumentopf und steckte den Finger in die Erde. Dann fuhr sie über die Blätter. Hin und wieder hielt sie ihre Nase an ein Blatt, und ich glaubte, sie tief einatmen zu sehen. Gelegentlich sah sie zu uns herüber.

»Sie fand ihn am nächsten Morgen im Bad. Er war ausgerutscht und mit dem Kopf auf den Badewannenrand geschlagen.«

Die Frau schlang die Arme um ihren Körper und rieb sich die Oberarme. Bevor sie sich umdrehte, winkte sie uns zu. Ich winkte zurück. Isaac nicht.

»Ich konnte ihn nicht mehr sehen. Sie ließen mich nicht. Als ich aus dem Krankenhaus kam, war er schon eingeäschert. Meine Mutter hat die Urne mit seiner Asche im Safe aufbewahrt und viele Jahre nicht mehr von ihm gesprochen.«

Ich wusste nicht, was ich sagen sollte. Ich suchte die Komplizenschaft der Frau auf der Terrasse gegenüber, aber ich fand nur das üppige Grün der gegossenen Pflanzen.

»Ich erinnere mich kaum noch an ihn.«

Es war seine Stimme. Es war Isaacs in dieser Nicht-Erinnerung, in dieser Ritze der Abwesenheit hängen gebliebene Stimme, nicht seine Botschaft, die mich ihm näherbrachte. Ich gab irgendeinen Allgemeinplatz von mir, flüchtete mich in Banalität, verschanzte mich hinter ihr. »Du warst zu klein. Es ist normal, dass du dich nicht erinnerst.«

Er sagte eine ganze Weile nichts. Dann, ohne den Blick von der Terrasse gegenüber abzuwenden: »Ich erinnere mich nicht daran, ob ich ihn geliebt habe.«

Und ich erinnere mich nicht, wie wir in so kurzer Zeit darauf gekommen sind, dachte ich. Ich weiß auch nicht, ob ich möchte, dass du mir das erzählst, dass du mich so nahe an dich heranlässt.

»Ich erinnere mich auch nicht daran, ob ich mich geliebt fühlte«, fügte er hinzu, diesmal mit gedämpfter Stimme. »Ich erinnere mich nicht, verdammte Scheiße.«

Ich wollte ihn berühren und streckte die Hand aus, überlegte es mir jedoch anders. Er fuhr sich durchs Haar und seufzte müde. Dann sah er mich wieder an. »Ich bin froh, dass du hier bist«, sagte er mit einem verkrampften Lächeln.

Ich bin froh, dass du hier bist, sagte er an jenem Abend auf der Terrasse. Ich wusste nicht, worauf sich dieses »Hier« bezog. Wo hier?, dachte ich. Auf der Terrasse? In seinem Leben? In der Gegenwart? In der meinen? Isaacs »Hier« verlor sich im nächtlichen Nieselregen und meinem Bedürfnis, nicht noch mehr zu erfahren. Dieses »Hier« ist jetzt dasselbe, es sind wieder wir. Ich möchte dich nicht hierlassen, sagt Isaac. Und ich frage mich wieder, ob dieses »Hier« dieses Wohnzimmer, diese Stadt, dieses Leben, diese Koordinate der Minute und des Quadratmeters ist. Nein, sein »Hier« gefällt mir nicht.

»Weißt du was, Isaac?«

Seine Hand tastet nach meiner. Er sagt nichts.

»Ich glaube, deine Mutter fliegt mit dir nach Venedig, um dich zu überraschen.«

Er atmet an mein Ohr. »Kann sein.«

»Und ich glaube, diese Überraschung wird dir nicht gefallen.«

Er spielt nicht mehr. Isaac an meinem Rücken verspannt sich, er möchte nicht weiterreden. Sein »Kann sein« bedeutet jetzt: »Rede nicht weiter«. Ich rede weiter, natürlich rede ich weiter. »Und dass es wehtun wird.«

Das ist meine Stimme. Es ist die Serena aus dem Aquarium, das Mädchen aus dem Wasser, das versucht, der Angst mit Musik zu begegnen. Ich möchte meine Geige. Wo, zum Teufel, habe ich meine Geige gelassen?

Isaac schluckt und umarmt mich fest. »Ich werde versuchen, es zu verhindern.«

Mehr sagt er nicht. Sein Herz klopft Botschaften in einem Code, den ich überraschenderweise nicht kenne. Sein Herz stottert, und ich schwebe in der Leere seiner Antwort, die nicht kommt.

Und dann flüstert er mir ins Ohr, wirft die Münze in die Luft, gibt mir das Kreuz zurück, bittet, wo er geben sollte, stößt weg, wo er umarmen sollte. Isaac spricht, und mein Ohr öffnet sich wie eine unterirdische Höhle, in der seine Ängste widerhallen.

Meine Ängste.

Unsere Ängste.

Seine Stimme in meinem Ohr, sie raubt mir die Worte. »Versprich mir, dass es das nicht wird.«

Elsa raucht. Wir haben gerade gegessen. Seit sie aus der Klinik entlassen wurde, essen wir einmal in der Woche zusammen. Anfangs in ihrer Wohnung, später, als sie wieder laufen gelernt hatte, gingen wir hinaus, um nach den vielen Jahren des Eingeschlossenseins Barcelona zu erkunden. Sie war eingeschlossen. Im Alkohol versenkt. Betrunken. Besoffen. Abwesend. Ich bin eingeschlossen in meinem Aquarium. So viel Flüssigkeit.

»Ich habe Isaac für das kommende Wochenende nach Venedig eingeladen.«

Sie bläst den Rauch in die Luft. Der Kaffee wird serviert.

»Ich weiß.«

Ich weiß es, und sie bläst den Rauch durch die Nase aus. »Was weißt du noch?«

»Dass ich nicht eingeladen bin, euch zu begleiten.«

Sie lacht rau auf, ich ebenfalls. Dann legt sie ihre Hand auf meinen Arm und kneift mich zärtlich, was ich annehme und verstehe. Wie immer. »Ungezogenes Mädchen.«

»Böse Schwiegermutter.«

Mehr Lachen. Sie sieht mich an, und ich ahne, dass sie nicht weiß, was sie sagen soll. Elsas Schweigen ist seltsam. Das der heutigen Elsa ist seltsam. Das der früheren nicht.

»Warum nach Venedig, Elsa?«

Sie wendet den Blick ab. Sie seufzt und verliert sich in irgendeinem Winkel eines Lebens, das ich nicht kenne. In dem von ihr gelebten. Dann berührt sie mit einer Hand ihr Haar.

»Ich finde, Isaac geht es seit einiger Zeit nicht gut.« Am Nebentisch hustet jemand. Zwei Frauen schieben beim Aufstehen geräuschvoll ihre Stühle nach hinten. »Er ist vergesslich. Er ist irgendwie abwesend. Er wiederholt sich. Er ist sonst nicht so, Serena.«

Nein, Isaac ist sonst nicht so.

»Und er schlurft.«

Ich sehe sie wieder an. »Vielleicht ist er müde.«

»Deiner müde?« Sie lächelt. Es ist ein trauriges, entstelltes Lächeln.

Ich lache. Trotz allem lache ich. In den letzten Monaten, seit sie mit dem Trinken aufgehört hat, hat sich Elsa in Hunderte von Stimmen in einer verwandelt. Manchmal zu viele.

»Warum glaubst du, dass ich dich einladen sollte?« Sie zieht eine Augenbraue hoch, inhaliert tief und starrt auf das ovale Fenster, das den Blick auf einen kleinen Blumengarten freigibt, der uns von der Straße trennt. Sie redet lustlos. Sie möchte keine Antwort. Ich gebe sie dennoch.

»Weil ich glaube, dass du ihm wehtun wirst. Und wenn es so ist, wirst du mich in deiner Nähe brauchen.«

Sie sieht mich nicht an. Sie schürzt die Lippen und greift sich ans Ohrläppchen auf der Suche nach einem Ohrring, den sie heute nicht trägt.

»Man kann Isaac nicht so leicht wehtun.«

»Du hast mir nicht geantwortet.«

Sie sieht mich stirnrunzelnd an. »Wie lautete noch die Frage?«

»Das weißt du ganz genau.«

Sie seufzt müde wie eine schlechte Schauspielerin.

»Ist ja gut«, entfährt es ihr. »Ich nehme Isaac mit, weil er etwas wissen muss, und das will ich ihm allein sagen.«

»Etwas, das er wissen muss, oder etwas, das du ihm unbedingt sagen musst?«

»Sei nicht so spitzfindig.«

»Und es muss unbedingt in Venedig sein?«

»Ja. Es muss in Venedig sein.«

Schweigen. Elsa betrachtet ihre Hände. Sie hat Hände wie Korallen, und ich möchte es wissen.

»Wird es ihm wehtun?«

»Ja.«

Auch ich starre aus dem Fenster in den kleinen Garten. Irgendwo heult ein Moped auf.

»Warum?«

»Wie warum?«

»Warum wird es wehtun?«

Grimmig drückt sie ihre Zigarette aus. Sie senkt den Blick und murmelt: »Wenn ich nur wüsste, warum vieles so wehtut, mein Kind.«

Der Kellner bringt die Rechnung. Als ich gerade in meine Tasche greifen will, hindert Elsa mich daran und legt ihre Kreditkarte auf das kleine Silbertablett, das sofort mit dem schweigsamen Kellner verschwindet. Ein Nachmittag in Barcelona. Aber der ist draußen, auf der anderen Seite der Fensterscheibe. Hier ist noch Elsa. Sie und ich sind noch da.

»Du hattest dein Venedig und ich hatte meines. Jetzt ist Isaac dran.«

»Und warum mit dir?«

»Weil ich seine Mutter bin.« Sie sieht mich an und

schnauft. »Und weil ich Lust dazu habe.« Am Nebentisch versucht eine Kellnerin, sich mit ein paar Amerikanern zu verständigen, die nicht mit der Rechnung klarkommen. »Verdammt, wo lernen diese Gören eigentlich Englisch?«

Das sagt sie zu mir, oder sie sagt es und sieht mich dabei an, was nicht dasselbe ist, aber wegen der Art, wie sie mich anschaut, hat es auf mich dieselbe Wirkung. Einen Augenblick lang bezweifle ich, dass ich es war, die gesprochen hat. »Ich weiß es.«

Sie sieht mich noch immer mit diesen grauen Augen an. Sie sitzt zu meiner Linken. Ihr Ellbogen berührt meinen. »Du Lügnerin.«

Immer, wenn ich Elsa so flapsig reden höre, muss ich lachen, weil ihre Stimme vertraut klingt, ich stelle mir vor, in ihrem Alter zu sein, und ich erkenne in ihr den Abglanz der füheren Elsa, der gegenwärtigen Frau, die ich bin.

»Du bist zu alt, um so intolerant zu sein, Elsa.«

Es überrascht mich immer wieder, sie so lachen zu hören.

»Und dir sollte mal jemand den Mund mit Seife waschen, Mädchen. Wenn Isaac es nicht bald tut, werde ich die Ärmel hochkrempeln und mich selbst drum kümmern müssen. Das kann ich dir wirklich nicht empfehlen.«

Ich senke den Blick. Sehnige, fast durchsichtige Finger krallen sich wie eine Klaue in meinen Arm.

»Weißt du was? Als ich das erste Mal in Venedig war, habe ich mich nicht verlaufen, weil ich allein war«, sagt sie im Flüsterton.

Gleich darauf spüre ich leichten Druck. Elsas Hand. Ihre langen, schmalen Finger wie die Saiten meiner Geige. Sie drückt meinen Arm, und ich weiß nicht, warum ich plötzlich so große Lust habe zu weinen. Sie zu umarmen.

»Hat es dir gefallen?«, frage ich mit einem Hauch von Stimme.

»Venedig?«

»Ja.«

»Warum willst du das wissen?«

»Warum hast du so große Angst vorm Fliegen?«

»Woher weißt du, dass ich Angst vorm Fliegen habe?« Sie fährt sich mit einem Erfrischungstuch über den Hals.

»Isaac hat es mir gesagt.«

Sie schaut mich an wie ein bockiges Mädchen. »Ich habe keine Angst vorm Fliegen, Kindchen. Ich habe Angst vorm Landen, das ist was ganz anderes.«

Ich lächle. »Warum?«

»Hat dir Isaac noch nie gesagt, dass du manchmal ziemlich anstrengend bist?«

»Das traut er sich nicht.«

»Wundert mich nicht.«

»Warum hast du Angst vorm Landen?«

Sie seufzt verärgert auf. »Weil ich alt bin und keine guten Bremsen habe.«

Sie lacht. Elsa lacht, und mir verkrampft sich das Herz, wenn ich sie so sehe, so in der Luft hängend, so verwaist von sich selbst. Sie kann kaum lachen, es ist, als erinnere sie sich nicht daran. Jetzt sieht sie mich schweigend an, wie in diesen japanischen Comics, ausschließlich Augen.

»Was willst du wissen?«

»Wie es ist.«

»Venedig?«

»Ja.«

Elsa muss man so fragen, weil sie immer so spielt. Und manchmal ist so zu spielen hart und ermüdend.

»Ich dachte, du kennst es.«

»Ich kenne es.«

»Also?«

»Ich möchte wissen, wie du es gefunden hast.«

»Wirklich?«

»Ja.«

»Ich erinnere mich nicht.«

Sie lügt. Elsa spielt Ablenken.

»Das kann nicht sein.«

»Ist aber so.«

Sie bockt. Sie bockt, ja, aber sie lässt sich nicht übers Ohr hauen. Für einen Bruchteil von Sekunden senkt sie den Blick.

»War das vor oder nach dem Tod deines Mannes?«

»Álvaro, er hieß Álvaro.«

»Álvaro.«

»Danach.«

»Aha.«

Ich rechne. Ich berechne die Zeit und erwäge die wenigen Informationen, die sie mir gibt, um nicht die falschen Fragen zu stellen. Meine Logik, jetzt ein wenig in Bedrängnis, weil ich mich ertappt fühle, kommt zu dem Schluss, dass Elsa nach Álvaros Tod in Venedig war und sich nicht an diese Tage in der Stadt erinnert, weil sie sich bestimmt schon in ihren Brunnen gestürzt hatte, denselben, aus dem Isaac und ich ihr zu einem bestimmten Zeitpunkt wieder herausgeholfen haben. Sie erspart mir die Frage.

»Nein, Kindchen, ich hatte noch nicht mit dem Trinken angefangen, falls du das denken solltest.«

Ich sage nichts.

»Das war später. Als ich zurück war.«

»Aha.«

»Und du?«

Ich sehe sie an. »Ich?«

»Ja, wann warst du dort?«

»Vor ein paar Jahren.«

»Hat es dir gefallen?«

»Nein.«

»Warum nicht?«

»Weil ich nicht allein war.«

»Ein Fehler.«

»Ja.«

»Warst du mit Reinaldo dort?«

Ich runzle die Stirn und verziehe den Mund, bevor ich mit einem ärgerlichen Unterton antworte, der gleich wieder verfliegt. »Ricardo, er hieß … er heißt Ricardo. Und ja, ich war mit ihm dort.«

»Und?«

Ich lehne mich in meinen Stuhl zurück. So von Elsa verhört, mag ich mich nicht erinnern.

»Wir waren im April dort. Sechs oder sieben Tage. Wir haben auf einem Campingplatz außerhalb der Stadt übernachtet. Das Wetter war furchtbar, und wir sind andauernd nur herumgelaufen«, sage ich mit geschlossenen Augen.

»Ich finde Campingplätze schrecklich«, unterbricht sie mich. »Auf dem Boden schlafen und das ganze Gesindel um einen herum …«

Ich lächle, ohne die Augen zu öffnen. »Ich auch.«

Ich fahre fort, diesmal ist es ein ruhiges Murmeln, das eher wie ein laut ausgesprochener Gedanke klingt, eine wiedergefundene Erinnerung: »Als wir nach Barcelona zurückkehrten, wollte ich Ricardo verlassen.«

»Und was ist passiert?«

Ich öffne die Augen und sehe sie an. »Zwei Dinge.«

Zwei Dinge. Warum fällt es mir nur so schwer zu reden? Manchmal ertappe ich mich dabei zu sprechen, als würden mir beim Atmen die Worte entschlüpfen. Wie ein Fisch auf dem Trocknen.

»Ja, aber das war danach«, zischt Elsa.

»Danach?«

»Ja, als ihr zurück wart.«

»Ja.«

»Aber währenddessen, was ist während der Reise geschehen?«

Ich sehe sie nicht an. Ich tauche weiter durch die Erinnerung, ganz tief unten. Ich suche eine warme Strömung, von der ich mich wegtragen lassen kann, um das zu sagen, was das Gedächtnis schlussfolgert.

»Währenddessen ist nie irgendwas geschehen. Nicht mit Ricardo.«

»Warum?«

»Weil alles vor oder nach uns geschah. Nie zwischen uns. Nie von uns aus.«

»Ja, kommt mir bekannt vor.«

Das Gespräch kann so nicht enden. Nicht so.

»Und danach? Was geschah danach?«

Danach. Elsa fragt, was Isaac nie fragen wollte. Wir hören englisches Fluchen und mehr als ein Handyklingeln in der erregten Stille des Restaurants. Das Klirren eines Kaffeelöffels beim Umrühren.

»Ein paar Tage nach unserer Rückkehr schlug Ricardo mir vor, ein Kind zu kriegen.«

Elsa zieht eine Augenbraue hoch, sagt aber nichts. Ich kann die Botschaft auf ihrer Stirn fast lesen, eine Botschaft, die ich jetzt mit ihr teile. Die Botschaft enthält ein paar Worte, die zwischen ihren verschwitzten Stirnfalten flimmern und flackern wie eine defekte Neonröhre. Sie lautet: Was für ein Blödsinn!

»Zwei«, sagt sie und reckt den Hals.

Ich verstehe nicht, was sie meint. »Wie bitte?«

Sie dreht sich mir zu und schürzt die Lippen. »Du hast gesagt, es sind zwei Dinge geschehen; was war das andere?«

Ich erinnere mich an die Szene. Ricardo wartete, er saß in einem Sessel vor mir, seine Hände auf meinen Knien. Ricardos große Hände. Die Hände eines guten Zeichners. Die Wohnzimmerfenster standen offen und von draußen war das Geschrei von Kindern zu hören, die gegenüber auf dem freien Platz spielten. Ricardo sprach leise. Dennoch war er kein sanfter Mann. Er war eher schwach. Immer in Erwartung, immer hoffend, immer zur Reaktion bereit. Er betrachtete mich von unten, und seine Stimme, seine Botschaft, hing über meiner Widerwilligkeit wie ein alter Strick. Ein Kind, hatte er gesagt. Würden wir haben. Wir beide. Er und ich. Wir hatten vereinbart, an diesem Abend zu reden. Er fand mich fremd, sagte er, als wir uns hingesetzt hatten.

»Ich finde dich fremd, Serena.«

Fremd. Ich versuchte, nicht zu lächeln. Fremd, ich. Wir waren zwei Fremde. Wir hatten kaum etwas gemein.

»Ich bin müde, Ricardo.«

Ich weiß nicht, ob ich das sagte oder nur dachte. Ich weiß aber, dass er es verstand.

»Was ist los mit dir?«, fragte er.

Da war sie, die Frage. Dieses »Was ist los mit dir?«, das weder vorher noch seither etwas Gutes angekündigt hat. Erklärungen, Rechtfertigungen. Und ja, ich war zu müde. Los war, dass ich mich geirrt hatte, dass ich bereits viel zu lange die Langeweile rechtfertigte, um ihm nicht wehzutun, dass diese Tage in Venedig einen Schlussstrich zogen unter etwas, das nie hätte beginnen sollen, dass das Abenteuer zu Ende war und die Fahrgäste aussteigen mussten, weil jedes Abstellgleis auch ein Ende markiert. Mit mir war nur wenig los, das war die Wahrheit. Plötzlich wurde mir bewusst, dass ich keine Antwort auf seine Frage hatte. Nichts, wollte ich sagen, nichts ist los mit mir, Ricardo, und deshalb gefällt mir mein Leben nicht, weil ich es nicht spüre, weil ich es nicht fühle. Ich wollte so viel sagen, aber die Gewohnheit, das Nicht-Denken, agierte an meiner Stelle. Es sprach für mich.

»Ich weiß es nicht.«

Ich log. Ich wich eher aus, als dass ich log. Und verlor. Ricardo ergriff meine Hände und massierte mir langsam die Finger. Sein Blick war auf den Boden gerichtet. Er wusste so gut wie ich, dass mein »Ich weiß es nicht« eine Verschnaufpause war, eine der vielen Fristen, um die ich ihn in den letzten Monaten gebeten hatte. »Ich weiß es nicht« war Synonym für »Jetzt nicht«, für »Ich will nicht reden«, für ein schlimmeres »Zwing mich nicht zum Nachdenken«. »Ich weiß es nicht« war »Zwing mich nicht, dir jetzt alles zu sagen, wie wenig wir gelebt haben, wie zähflüssig das alltägliche Du-und-Ich ist«, er nächtelang im Arbeitszimmer mit seinen Entwürfen, sein Geruch nach Zigaretten, und ich mit meiner wachsenden Beklemmung nach endlosen Wochenenden bei seinen Eltern, seine anstrengende Mutter, ein Teufel von Mutter, die alles verschwieg, heimlich tat, die ihren Ehemann und ihren Sohn marterte, um weiter jemand sein zu können, wenn auch nur samstags und sonntags, auch wenn die Wochentage sich auf die Nachmittage im Wollgeschäft, den Friseur, die verhalten schlechte Laune und das in diesem hässlichen, einsamen Körper nur kaum verhohlene Alter beschränkten. Ja, ich mit meiner Beklemmung an Ricardo hängend, weil ich verwaist war, weil ich feige war. Ein Kind, hatte er gesagt. Unser Kind. Das Produkt seiner Mittelmäßigkeit und meiner Langeweile. Nein, glaubte ich gesagt zu haben. Nein, ich will kein gemeinsames Kind. Ich will keinen lebendigen Beweis für unsere überstürzten nächtlichen Liebesakte, für dein wiederholtes »Verzeih mir«. Ich will keinen Beweis für diesen Schrecken.

Ricardo beugte sich zu mir herüber und führte meine Hände an sein Gesicht. »Ein Kind, Serena. Wir beide brauchen es. Es wird uns guttun. Und wir werden es so glücklich machen.«

Ich sah ihn an und wunderte mich einen Augenblick über seine Gewissheit, seine Sicherheit. Ricardo wäre bestimmt ein guter Vater gewesen. Ein schlechter Liebhaber vielleicht, auch ein schlechter Spielgefährte, aber ein guter Vater. Er war ein großzügiger Mann in dem, was er nicht gab, eine theoretische, mechanische Großzügigkeit. Er konnte nicht anders, weil er nicht Nein sagen konnte. Er wollte ein Leben in die Welt setzen, um es zu versorgen, um ein guter Vater zu sein und mich zu einer guten Mutter zu machen. Mein Herz zog sich zusammen, als ich ihn so sah, so überzeugt von dem, an das ich nicht zu glauben wagte. Kann sein, dachte ich.

»Kann sein.«

Er hob den Kopf und sah mich an. Ich weiß nicht, was er in meinen Augen las, ich wollte es nicht wissen. Ich weiß nur, dass ich in seinen eine so tiefe Trauer, den Schimmer einer so wenig erwiderten Liebe erkannte, dass es mir den Atem verschlug. Ich wollte mich nicht so sehen, so widergespiegelt, so beschrieben. Ricardo betrachtete mich wie ein Mann, der eine Frau liebt, die er an seiner Seite haben möchte, im Guten wie im Schlechten, der sich eine anhaltende Gegenwart zwischen der Langeweile und den wiederholten Versuchen, ihr zu entkommen, wünscht. Ricardo liebte mich so, wie er es vermochte, im Bewusstsein, dass es für mich nicht reichte. Für den Bruchteil einer Sekunde liebte ich ihn so sehr, war mein Gefühl der Zärtlichkeit und Zuneigung, das diese Männeraugen in mir weckten, so groß, dass sich meine Lungen mit Wasser und Salz füllten. Einen Augenblick lang trieb ich auf einer Woge der Gefühle, die ich schon vergessen hatte und willkommen heißen wollte. Er ist an seinem Unvermögen nicht schuld, dachte ich. Es ist nicht unsere Schuld, dass wir es alle nicht besser können. Einen Augenblick lang schlängelte ich mich wie Wasser durch den offenen Spalt im Glas eines Aquariums. Ich glaubte, glücklich zu sein. In Gesellschaft. Ich schöpfte Mut und streichelte ihm übers Gesicht, bevor ich redete. Dann war es schon zu spät.

»Ja.«

Das sagte ich. Ja. Ja zu allem. Ja zu uns, ja zu einem Kind. Ja zur verbrauchten Liebe, zu Abenteuerurlauben auf einem Campingplatz außerhalb einer jeden Stadt der Welt, nicht innerhalb, nie innerhalb. Immer am Rande von allem zu leben, im Vorher und im Nachher. Nie im Während. Er streichelte mich ebenfalls und fuhr mir mit dem Daumen über die Wange, trocknete die Tränen, die ich nicht spürte. Ja zu allem, das nicht ich selbst war. Dann begann das Schlimmste.

Elsa sieht mich in Erwartung einer Antwort an. Ich brauche einen Augenblick, bis ich mich an die Frage erinnere.

Es geschahen zwei Dinge, ja. Das erste war, dass mich Ricardo bat, ein Kind zu bekommen. Und das andere?, fragt Elsa. Es gab noch etwas, stimmt.

»Das andere war, dass ich Ja gesagt habe.«

Sie blinzelt. Das hat sie nicht erwartet, und ich überrasche sie gerne. Es macht sie fraulicher, vertrauter.

»Ach Mädchen«, entfährt es ihr plötzlich, wobei sie die Hand nach mir ausstreckt. Reflexartig zucke ich zurück, sie runzelt die Stirn und schnalzt verletzt mit der Zunge.

»Entzieh mir nicht dein Gesicht«, schimpft sie mit der Stimme einer alten Frau.

»Ich werde nicht gerne angefasst. Das weißt du doch.«

»Ich verstehe nicht, wie du so widerspenstig sein kannst.«

Bei Elsa würde ich mich manchmal gerne besser zusammenreißen können, nicht auf ihre kindischen Provokationen eingehen.

»Und mich wundert, dass du das nicht verstehst, Elsa. Ausgerechnet du.«

Sie lächelt. Sie mag es, wenn man mit ihr über sie redet.

»Sehr schön. Du hast also zu deinem armen Mann Ja gesagt«, kommt sie auf das Thema zurück. »Und was passierte dann?«

Ich möchte mich nicht mehr erinnern. Nicht mit ihr. Mit niemandem. »Wir waren noch zwei Jahre zusammen.«

»Und?«

»Es gab kein Kind.«

Sie verzieht den Mund und zündet sich eine neue Zigarette an. Der Kellner kommt mit der Quittung zurück, sie unterschreibt und nimmt die Kreditkarte vom Tablett. Der Kellner verschwindet wieder.

»Gott sei Dank.«

Ich spüre einen Stich in der Brust und einen weiteren am Halsansatz. Ich hätte noch mehr erzählt, aber als ich Elsa ungeduldig aufstehen sehe, beschließe ich zu lügen. Knapp zu wiederholen: »Ja, Gott sei Dank.«

Heute Nacht ist Serena unruhig. Wir sind früh schlafen gegangen. Morgen wird Mama mit ihrem Handkoffer und dieser unhöflichen Hektik auftauchen, mit der sie immer ihre Flugangst zu überspielen versucht. Wir fahren von hier aus zum Flughafen. Heute Nacht ist es plötzlich wieder heiß und wir haben das Schlafzimmerfenster offen gelassen. Von unten hört man das Summen der Stadt. Serena liegt nicht neben mir, und die Wohnung treibt in der Stille, einer gemächlichen Stille, die ich gut kenne, von der ich weiß, wohin sie führt, sollte ich herausfinden wollen, was diese Leere beherbergt. Noch heute schnürt es mir für einen Moment die Brust ab, wenn ich aufwache und mich allein im Bett wiederfinde. Es ist ein Reflex, eine automatische Verbindung zum Gelebten, zu dem, was ich wahrscheinlich nicht mehr vergesse. Die Nacht beschwört Bilder herauf, mit denen ich nicht immer umgehen kann. Mit Serena an meiner Seite ziehen die Bilder vorüber, verflüchtigen sich in der Dunkelheit. Ohne sie …

Ohne Serena kehre ich zu den gelebten Momenten zurück, die nicht da sein sollten und die ich jahrelang in meinem Kopf aufgelistet habe, um nicht den Überblick zu verlieren, um keinen weiteren mehr Raum zu geben. Es sind hässliche Momente, aus der Kindheit. Ich kenne sie so gut, dass ich sie an meinem inneren Auge vorbeiziehen lassen kann wie eine Diashow, eins nach dem anderen. Ich blinzle, und das Bild wird von einem schlimmeren ersetzt. Manche haben eine Stimme. Andere nicht. Die tun noch mehr weh.

Ohne Serena in der Nacht kehre ich zu den sechs Tagen bei den Großeltern zurück, zu dieser verfluchten Woche, in der mich Mama nach meiner Entlassung aus dem Krankenhaus in dieser Wohnung mit den hohen Decken und dem glänzenden Parkett abgestellt hatte. Papa war gerade gestorben. Mama war nicht da. Schlimmer noch: Sie war weggegangen. Weit weg. Nach Venedig. Die Großeltern schwiegen. Sie waren traurig, die Großeltern. Sie starben wenig später. Einer nach dem anderen wie zwei Dominosteine. Großmutter wollte zärtlich sein, aber niemand hatte ihr beigebracht, wie. Die Tage vergingen langsam, ich lag im Bett, noch immer geschwächt von der Operation. Die Nächte waren schlimmer. Wenn ich nach Mama fragte, wurde Großvater mürrisch, und Großmutter wiederholte immer dieselbe Lüge.

»Morgen«, sagte sie. »Morgen kommt sie wieder.«

Und dieses »Morgen« tat mit jeder Stunde ein schwarzes Loch auf, das ich nachts wie ein Gefangener in seiner Zelle grub. Nach unten, weiter nach unten. Auf der Suche nach dem Ausgang. Auf der Suche nach Wasser. »Venedig ist eine Stadt des Wassers«, hatte mir Großmutter in einer ihrer seltenen Anwandlungen erklärt. Ich atmete auf. Ich war ihr so dankbar für diese Worte, dass ich fast aus dem Bett gesprungen wäre und sie umarmt hätte. Ich stellte mir eine Stadt des Wassers vor, versunken im Meer zwischen Korallen, Fischen und Stille. Tiefer, immer tiefer grub ich nachts meinen Brunnen des Schreckens, mit weit aufgerissenen Augen, ich hörte alles, Großvaters Schnarchen, Großmutters Seufzen, das nervöse Hin- und Herlaufen des Pekinesen der Nachbarn im vierten Stock. Mama tauchte in ihrer Stadt des Wassers, und ich grub gegen die Angst, allein zu bleiben, dass sie nicht zurückkehrte. Ich glaubte, wenn ich endlich auf Wasser stieße, würde ich zu Mama finden.

Am Tag ihrer Rückkehr wusste ich nicht, wie ich mit ihr sprechen sollte. Ich fand meine Stimme nicht. Ich war so müde vom Graben, so voller falscher »Morgen«, dass ich mich betrogen fühlte und nicht wusste, was ich sagen sollte, als sie sich auf mein Bett setzte und mich umarmte. Mama war nicht nass. Sie roch nicht nach Salz. Wo war sie gewesen? Warum so trocken, so wie immer? Unter dem wachsamen Blick der Großmutter umarmte sie mich lange. Dann rückte sie ein wenig ab, sah mich an und lächelte.

»Schätzchen«, sagte sie.

Sie sagte »Schätzchen«, und ich wusste nicht, wie ich aus meinem Brunnen der Angst herausfinden sollte. Das war nicht das Schlüsselwort zu meinen sechs Tagen ohne sie. Ich hatte so viele Fragen, ich hatte so viele Nächte lang Listen mit Zweifeln, mit Vorwürfen, mit Verwünschungen angefertigt, dass ich plötzlich nicht wusste, was ich sagen sollte. Und aus allen Worten, aus allen Antworten, wählte ich die erstbeste, die mir in dem Moment am passendsten erschien. Ich wählte ohne nachzudenken, ohne es zu wollen, und als sie sie hörte, verschloss sie sich wie eine verletzte Auster.

»Nein.«

Das sagte ich. Nein. Mama sah mich an, verschlossen wie sie war, und senkte den Blick. Dann stand sie auf und verließ langsam den Raum, während Großmutter meine Sachen packte. Am selben Tag kehrten wir nachhause zurück.

In dieser Nacht begann Mama zu trinken.

Aber das war jene Nacht. Das war der Anfang von vielem: vom Leben nach Papa, vom Leben mit einer Mutter, die bis zum späten Vormittag nicht existierte: übellaunig, störrisch, kaputt, die erst nach dem zweiten morgendlichen Whisky den täglichen Schritt ins Leben fand. Das war jene Nacht, ja. Die heutige Nacht schleicht an meinen Schatten geheftet durch die Wohnung, als ich das Schlafzimmer verlasse und barfuß den Flur entlang zum Wohnzimmer gehe. Die Terrassentür ist offen. Ich gehe über die Terrasse, steige die Metalltreppe voller Efeu und roter Bougainvilleen aufs Dach. Oben angekommen, sehe ich zuerst in den Himmel. In der Dunkelheit blinken die Sterne, und es weht eine sanfte, angenehme Brise. Vor mir erblicke ich das, was ich immer erblicke, wenn ich hier heraufkomme, auf der Suche nach Serena, wenn sie mir fehlt.

Sie dreht mir den Rücken zu. Sitzend. Nackt. Eingeschlossen in ihrem doppelt verglasten Studio, hört man sie kaum spielen. Man hört, das ja, ein leises Wimmern, wie das einer Katze in der Ferne, eine ruhige, musikalische Katze. Serena spielt aufrecht sitzend im Licht eines kleinen Kerzenleuchters, der aus dem verglasten Achteck Licht und Schatten in die Nacht wirft. Serena sitzt in ihrem Aquarium und sagt etwas, etwas so Schönes, so Persönliches, dass meine Beine nachgeben und ich schlucken muss, denn von meinem Standort aus weiß ich nicht, wie ich zu diesem Element gelangen soll, das weder Luft noch Wasser noch Erde noch Feuer ist, sondern die in sich selbst verschlossene Serena, die über die Saiten streicht und sich durch sie mitteilt aus diesem Schweigen heraus, das sie weder mit mir noch mit sonst wem teilt, die Klangeffekte produziert, die von außen kaum wahrzunehmen sind. Ich weiß nicht, wie diese Frau in mein Leben gelangte. Ich weiß weder wie noch wen ich fragen könnte. Ich weiß nicht, was ich fühlte, bevor sie auftauchte, wie ich lebte, wie ich das Leben verstand.

Langsam gehe ich um das erleuchtete Aquarium meiner Frau herum, ich genieße sie aus allen meinen und ihren Perspektiven, so entrückt, so vertieft in ihr Spiel, so sie selbst hinter dem Glas, dass ich plötzlich die drei Tage, die mich mit Mama in Venedig erwarten, bedaure. Ohne Serena. Plötzlich möchte ich nur hier sein, zu dieser Stunde, hoch über der Stadt die Noten auffangen, die ich spüre, während ich langsam um Serenas Nacktheit kreise und sie so weiß und vollkommen mit der Nacht verschmolzen sehe.

Plötzlich hebt sie den Kopf und schaut mich an, ohne ihr Spiel zu unterbrechen. Sie schaut mich an und lächelt. Sie schaut mich an und blinzelt. Sie schaut mich an und schürzt die Lippen. Sie schaut mich an, und ich sehe sie an, und ich möchte bei ihr sein, ihre Nähe spüren, ich möchte ins Aquarium und mich von dem Wasser aus Noten wiegen lassen, das ihre Finger erzeugen. Ich frage sie mit einer Geste, ob ich hineindarf, und sie nickt großmütig, unterbricht einen Moment ihr Spiel und gibt mir damit gerade genug Zeit, um in ihr kleines Studio zu schlüpfen und mich neben sie zu stellen. Dann schüttelt sie leicht den Kopf, schließt die Augen, setzt den Bogen an und flüstert: »Hör mal, Isaac.«

Musik. Es ertönt Musik über der Stadt im Morgengrauen. Verschlossen. Fantastisch. Das Klagen der Geige zerreißt die Nacht und mich mit ihr. Was Serena mit dem Bogen webt, was ihre Finger auf den Saiten einfangen, ist so traurig, so sinnlich, dass es sich hinter meinen Augen staut. Es ist Wasser. Trübes, abgestandenes, glattes Wasser. Ich wusste nicht, dass Musik Wasser sein kann. Es ist all das Flüssige des Gefühls. Es ist das Ende vom Graben des Brunnens bei Tag und bei Nacht, es ist die Ankündigung, dass endlich das »Morgen« gekommen und dass Mama nicht gegangen ist, dass es weder Verlassenwerden gibt noch Angst vor dem, was kommen wird. Es gibt, das ja, eine Stadt des Wassers an irgendeinem Ort, es bedeutet, dass Großmutter nicht gelogen hat, dass ich nicht weiß, wie ich so viel Speichel schlucken soll, diesen Brocken aus Erinnerungen, der mir seit viel zu vielen Jahren die Kehle verstopft. Es ist Serenas Traurigkeit, und ihre Traurigkeit lässt Schuld in mir aufsteigen. Es ist so viel, so vieles, was ihre Geige ausdrückt, dass ich mich an die Glaswand lehne, die uns von allem trennt, was nicht wir sind, und die Augen schließe, um nicht das Gleichgewicht zu verlieren, um heil zu bleiben, verbunden mit dem Leben, das in mir ist, und mit dem, was mich umgibt.

Serenas Geige hat vier Saiten. Jede einzelne sagt etwas.

Die tiefste ist die, die das Echo der Abgründe verflicht. Sie erzählt von einem schweigsamen Mädchen, gestrandet im weißen Sand des Meeresgrundes, das nach oben schaut und ein Licht sucht, das es nicht findet. Sie ist die Saite der schleichenden und geheimnisvollen Raubtiere, die in der Dunkelheit lauern. Von dort erzählt Serenas Bogen: Lass mich nicht ausdenken, was nie geschehen wird.

Die nächste ist auch tief, doch sie vibriert stärker, ätherischer. Sie ist die Saite der großen Schiffbrüche, dessen, was stürzte, unterging und noch zu entdecken ist. Sie ist das bläuliche Wasser der zukünftigen Träume. Auf ihr reitet Serena wie eine Hexe mit gelben Augen um mich herum und wirft mir eine Botschaft zu, die ich nicht richtig entziffern kann, die ich aber zwischen Algen und rostigen Schiffswracks verstehe als: Ich würde mich gern an all das erinnern, was ich nie war.

Die dritte, hohe, ist ein Seil, die dicke und feuchte Leine eines Bootes, an der ein verrosteter Anker in Form eines Angelhakens hängt. Sie ist ein Sirenengesang, den Serena nie anstimmt, und ein Wort, mit dem sie nicht umgehen kann, das sie aber schon immer gerne sagen können möchte: Komm.

Und schließlich die vierte Saite, die am wenigsten wässrige. Die vierte entspringt Serenas Zeigefinger, um mitzuteilen, was sie wünscht, was sie bedauert, was sie sieht. Sie ist der Metallfluss, der sich in Wasser verwandelt, wenn der Bogen über ihn fährt, ein Chor der so zarten, so fein gesponnenen Klagen, dass sie sich in meinem Haar verfangen und mich zu ihr, an sie heranziehen. So groß ist der Kummer, den diese Klagen ausdrücken, so groß die Einsamkeit, die sie offenbaren, dass ich die Hand ausstrecke und ihr Gesicht streichle. Da öffnet sie plötzlich die Augen, und von dieser letzten Saite bespritzt mich jetzt Meeresgischt mit einer kurzen Botschaft: Venedig. Ein Labyrinth. Vorsicht. Manche kehren nicht zurück.

Serena spielt weiter, meine Hand auf ihrer Wange. Nackt, Serena nackt unter dem Himmelszelt, ich an sie geklammert. Wenn wir schwimmen, schwimmen wir gemeinsam. Sie vorn, ich sie liebend. Heute Nacht gibt es Musik, morgen gibt es Venedig. Und Distanz. Morgen kommt Mama mit ihren Wahrheiten und ihren Lügen, mit dieser vom Alkohol vernebelten Vergangenheit, an die sie sich manchmal erinnert und an die sie manchmal nicht denken möchte. Es gibt Serena und es gibt Elsa, sie sind die beiden Koordinaten, die mein Leben bestimmen.

Ich weiß, dass es die beiden gibt und dass sie da sind. Ich weiß, dass jede am anderen Ende des Seiles zieht und es für mich spannt. Ich weiß auch, dass diese Reise ein Anfang und ein Ende ist. Wir alle wissen es. Wir drei.

Im Aquarium über der Stadt ist es still geworden. Serena verharrt noch immer mit der Geige auf der Schulter und dem Bogen auf den Saiten. Sie atmet ruhig, müde. Und trotz allem, was ich weiß, was wir alle wissen, muss ich es hören, muss ich es aus ihrem Mund hören. Ich möchte beruhigt abreisen können. Ich möchte ihre Erlaubnis, ja.

»Willst du, dass ich bleibe?«, frage ich leise. Sie sieht auf und lächelt mich an. Dann legt sie vorsichtig die Geige auf den Boden, auch den Bogen, hebt ihre Hände ans Gesicht und reibt sich mit den Fingerkuppen die Augen.

»Nein«, antwortet sie im Aufstehen und kommt mit gelassener Freude auf mich zu. Die nackte Serena, die sich in ihrer Nacktheit wohl fühlt. Und so schön ist in ihrem Wohlbehagen, dass plötzlich ich es bin, der sich nackt fühlt. »Nein, ich will nicht, dass du bleibst«, flüstert sie mir ins Ohr. Ich ahne ihren Blick. Ich kenne den Blick, der dieses Flüstern begleitet. Ich atme ruhig. Sie nimmt meine Hand, und wir verlassen gemeinsam das Studio. Als wir am Treppenabsatz zur Terrasse ankommen, hält Serena mich fest und zwingt mich damit, stehen zu bleiben.

»Ich will nicht, dass du bleibst«, wiederholt sie, jetzt mit festerer, belebterer Stimme. »Ich will, dass du nie bereust, zurückgekommen zu sein.«

Einen Tee, Elsa?«

Serena begrüßt mich mit einem wachen Lächeln und der Teekanne in der Hand. So kann man am frühen Morgen nicht lächeln, denke ich. Das Radio auf der Arbeitsplatte ist eingeschaltet. Eine nasale Männerstimme reitet auf aktuellen Themen herum, sie überschlägt sich fast: irgendwo ein Attentat, irgendeine Meisterschaft mit Live-Interviews, was weiß ich. Ich stelle den Handkoffer neben den Kühlschrank und setze mich an den Küchentisch, irgendwo in der Wohnung pfeift Isaac. Er ist vergnügt. Mein Sohn ist vergnügt, weil er mit mir verreist. Vor mir sitzt Serena und schaut mich mit diesen bodenlosen Augen an. Gelbe Augen. Um diese Uhrzeit mag ich diese Augen nicht besonders.

»Wenn du mich weiter mit diesen Augen anschaust, Kindchen, werde ich dich um einen Whisky bitten.«

Sie blinzelt nicht einmal.

»Das war ein Scherz.«

»Das will ich hoffen.« Sie steht auf und geht zum Radio. Unter ihren Händen verstummt die Männerstimme und es erklingt ein Lied. Eine Geige und auch eine Frauenstimme. So lieblich, so perfekt ist dieses Timbre, dass man es kaum glauben kann. Serena dreht mir noch den Rücken zu und lauscht konzentriert der Stimme im Radio, als ich wieder zu sprechen ansetze.

»Morgen vor drei Jahren habe ich mit dem Trinken aufgehört.«

Sie sagt nichts. Die Stimme ist wunderbar. Wäre es nicht so früh am Morgen, würde sie mich wahrscheinlich zum Weinen bringen. Oder auch nicht.

»Eine lange Zeit.«

Eine lange Zeit, sagt sie. Wie kann man so was in ihrem Alter sagen. Manchmal wirkt es, als wäre sie alt geboren worden.

»Weißt du was? Ich bin fünfundsechzig Jahre alt und habe mich davon dreiunddreißig Jahre lang im Alkohol ertränkt. Mit anderen Worten, dreiunddreißig mit und zweiunddreißig ohne. Statistisch gesehen bin ich immer noch betrunken.«

Sie lacht schüchtern auf. »Rede doch nicht so.«

»Ich rede, wie es mir passt.«

»Ja.«

»Weißt du was?«

»Noch was?«

»Ja.«

»Du erinnerst mich manchmal an mich in deinem Alter. Und wenn ich ehrlich bin, weiß ich nicht, ob mir das gefällt.«

Sie dreht sich langsam um, ein Lächeln spielt um ihre Lippen. »Du musst eine wunderbare Frau gewesen sein.«

»Ja. Eine wunderbare Säuferin war ich.«

Isaac pfeift wieder, diesmal schon in der Nähe der Küche. Bald brechen wir auf. Bald gibt es kein Zurück mehr. Serena setzt sich und umschließt ihre Tasse mit den Händen.

»Wer singt da?«

Von der Frage überrascht, schaut sie auf. »Eva Cassidy. Gefällt es dir?«

»Ja.«

Es gefällt mir, ja, obwohl ich nicht verstehe, was sie singt. Die Frau im Radio singt allein, das vermittelt sie. Sie bittet um etwas.

»Sie ist an Krebs gestorben. Ganz jung«, murmelt Serena und sieht mir dabei in die Augen.

»Was sie sich alles erspart hat.«

Sie lächelt nicht. Das hat ihr nicht gefallen.

»Warum?«, fragt sie.

»Warum? Wie warum?«

»Warum hast du mit dem Trinken angefangen?«

Na fein. Nach so langer Zeit. Diese Augen mussten ja solche Fragen beinhalten.

»Ganz ehrlich?«

»Ja.«

»Um nicht zu sehen.«

»Das verstehe ich nicht.«

»Ich heute auch nicht mehr.«

»Also?«

»Also ... wenn ich es dir sagen würde, würdest du mir nicht glauben, Kindchen.«

»Versuch es.«

»Dafür bin ich zu alt.«

»Das glaube ich nicht.«

»Glückwunsch.«

»Wofür?«

»Für deinen Glauben an das menschliche Wesen.«

»Warum hast du zu trinken angefangen?«

»Weil ich Angst hatte.«

»Wovor?«

»Das verstehst du nicht.«

»Vielleicht doch.«

Die Sekunden vergehen. Das Lied im Radio erstirbt, und ich bin mir nicht sicher, ob ich die drohende Stille mit meiner Stimme füllen möchte.

»Ich hatte Angst vor Álvaro.«

»Komm mir nicht damit.«

»Es stimmt aber.«

»Álvaro war schon tot, als du mit dem Trinken angefangen hast, Elsa.«

»Und?«

»Das verstehe ich nicht.«

»Hab ich dir doch gesagt.«

»Erklär es mir.«

»Nach der Reise. Ich erkläre es dir nach der Reise. Oder vielleicht sagt es dir besser Isaac.«

»Er weiß es nicht.«

»Nein, er weiß es nicht.«

»Also?«

»Sei nicht so neugierig.«

»Das ist nicht witzig.«

»Wie wenig Sinn für Humor du hast, Kindchen. Siehst du, darin bist du mir nicht ähnlich.«

»Um diese Zeit ist das schwierig.«

»Red keinen Blödsinn.«

Sie lächelt amüsiert. Ich sehe sie gerne so. Auf dem Korridor nähert sich Isaac. Seine Schritte sind auf dem Holzfußboden zu hören. Gleich brechen wir auf.

»Nach der Reise, frag ihn nach der Reise. Vielleicht weiß er es dann.«

»Vielleicht?«

»Bestimmt. Er wird es bestimmt wissen.«

»Warum?«

»Naseweis.«

»Warum?«, wiederholt sie störrisch.

»Weil ich in Venedig drei verfluchte Tage lang Zeit haben werde, um es ihm zu sagen.« Sie öffnet den Mund, und ich ahne die Frage, die jetzt zu kommen droht. Ich möchte sie nicht hören. »Und ich weise dich darauf hin: Wenn du weiterfragst, schütte ich dir meinen Tee ins Gesicht.«

Sie zieht eine Augenbraue hoch. »Das ist kein Tee.«

Ich schaue in meine Tasse und untersuche einen Moment die grünliche Flüssigkeit darin. Das ist kein Tee, sagt sie. Ich habe Tee nie gemocht.

»Es ist Lindenblütensaft. Mit ein paar Tropfen Baldrian. So wirst du auf dem Flug weniger leiden. Mit ein bisschen Glück schläfst du sogar ein und lässt auch Isaac schlafen.«

Na wunderbar, Serena. Ich beiße mir auf die Lippen, um nicht zu lächeln, aber beim Ausdruck ihrer Augen bin ich mir nicht sicher, ob es mir gelungen ist. Ich revanchiere mich. Natürlich revanchiere ich mich. »Hexe.«

Sie lächelt. Sie führt ihre Tasse zum Mund und lächelt mit den Augen. Die Augen meiner Schwiegertochter entwaffnen mich. Isaac muss es genauso gehen, da bin ich mir sicher. Ich höre, wie Isaac seine Tasche an der Wohnungstür abstellt. Man riecht ihn schon in der Küche. Serena und ich sehen uns an. Sie schluckt, steht auf und trägt mit diesem ruhigen Gang, von dem ich nicht weiß, woher sie den hat, ihre Tasse zur Arbeitsplatte, dreht mir den Rücken zu. Jetzt brechen wir auf. Isaac wird mit seinem Großer-Junge-Lächeln hereinkommen, und wir gehen in den Morgen hinaus, wir lassen Serena so zurück, den Rücken dem, was ihr nicht gefällt, zugewandt. Serena tut etwas weh, und ich kann und will sie nicht so sehen. Ihr Rücken ist voller Sätze, die zu lesen mich bekümmern.

Ich stehe auf, gehe ebenfalls zur Arbeitsplatte und stelle meine Tasse neben ihre. Dann lege ich ihr eine Hand auf die Schulter, und ich spüre, wie sie sich verspannt, wie ihre Haut meine abstößt. Ich spüre Serena, die mir den Rücken zudreht, und ich sage ihr, wie ich es vermag, wie es aus mir herauskommt, was ich fühle. Seit langer Zeit. »Es sind nur drei Tage, Kindchen.«

Isaac nähert sich pfeifend der Küche. Für einen kurzen Augenblick hebt Serena die Hand, und ihre Fingerkuppen kommen über ihrer Schulter zum Vorschein wie eine Meeresschnecke gierig auf Salz. Schließlich berühren ihre Finger die meinen, ihre Fingerkuppen meine Fingernägel, verweilen dort, ruhen auf ihnen, reglos. Dann erklingt ihre Stimme. Ihr Abschied. Neutraler. »Ich weiß schon, Elsa.«

Nein, sie weiß es nicht. Sie weiß es nicht, weil ich nicht ausdrücken kann, wie ich es empfinde. Denn statistisch gesehen bin ich noch beeinträchtigt nach so vielen Jahren des Tauchens im Schmerz, umzingelt von Flaschen und Wut und Angst. Sie weiß es nicht, weil sie im Grunde glaubt, dass ich nicht lieben kann. Weil sie nicht weiß, woher ich komme. Wie ich bis jetzt überlebt habe. Vielleicht ändern sich die Dinge bei meiner Rückkehr. Vielleicht kann Isaac es ihr erklären. Vielleicht zu viele Dinge.

Jetzt brechen wir auf.

Isaac und Elsa

Komm.«

Das ist die Stimme einer Mutter, die in der Nähe der Bank, auf der ich sitze, stehen geblieben ist. Ein paar Meter von ihr entfernt weint ihr kleiner Sohn und stampft rot vor Wut auf. Das Kind sieht mich an und plärrt weiter, es bockt gegen das »Komm« seiner Mutter, aus dem es viele andere Botschaften herausliest: Komm jetzt sofort her, komm oder ich lass dich hier stehen, komm und ich verzeih dir vielleicht, komm, sonst bist du schuld, wenn ich zu spät komme, komm, komm, komm. Trotz der Hitze am Morgen läuft mir ein kühler Schauer über den Rücken. Flugzeuge fliegen über die Stadt, man sieht sie nicht. Es ist ein merkwürdiger Freitag. Hinter mir das Gebäude. In dem Gebäude von außen ein Fenster. Von innen, von der Praxis aus, sieht man die Baumkronen dieses Parks und vieles mehr. Isaac ist weit weg, in Venedig. Er spaziert mit Elsa übers Wasser, weil die Mutter den Sohn sucht und ihn für sich haben will. Elsa und Isaac. Keiner von beiden war vor ein paar Minuten da oben, keiner hat mit mir zusammen die Stimme der Ärztin gehört, die über dem fernen Rauschen des Verkehrs hing. Ich habe nicht zugehört. Meine Gedanken verloren sich hinter den Bäumen. Eine Wolke in Form eines Auges hing über dem Park, ein weißes, schmutziges Auge. Die Stimme der Ärztin war plötzlich verstummt, und es hatte sich Schweigen ausgebreitet, ein ruhiges, beruhigendes Schweigen.

Die Ärztin ist in meinem Alter. Sie heißt Sarah und hat eine sanfte Stimme. Sie sah mich von der anderen Seite ihres Schreibtischs mit geduldigem Lächeln an.

»Bist du dir sicher?«

Sie lächelte. »Natürlich.«

Natürlich. Wie auch nicht. Sarah ist sich sicher, denn sie hat Tausende von Serenas gesehen, die nach ein- oder zweimaligem Ausbleiben der Regel verwirrt, verstört, vielleicht traurig ihre Praxis aufsuchten, Frauen, die als andere Frauen ihre Praxis verließen, Frauen, deren Schmerzen, Irritationen und Beschwerden zusammengefasst und erklärt worden waren. »Du bist schwanger, Serena.« Das hat sie gesagt. Und was sie nicht sagte, lässt sich leicht zusammenfassen: Gute Nachricht. Neues Leben. Glückwunsch. Heute beginnt alles. Heute ist ein großer Tag für dich und auch für ihn.

»Wie viel Zeit bleibt mir?«

Sie runzelte die Stirn. Ich weiß nicht, was sie nicht gleich verstanden hat. Was auch immer es war, sie brauchte nur ein paar Sekunden, um zu begreifen. Dann schnaufte sie und verzog den Mund. »Ich verstehe dich nicht.«

Das ist nicht wahr. Nicht »Ich verstehe dich nicht«. Es ist ganz einfach. Ich bin eine schwangere Frau, nichts weiter. Keine Frau in guter Hoffnung, weder hoffnungsvoll noch begeistert. Noch nicht. Ich bin nicht die erste, die in ihrer Praxis war. Ich werde nicht die letzte sein.

»Wenn ich es nicht bekommen will«, erklärte ich ihr, »wie viel Zeit bleibt mir dann?«

Sie räusperte sich, bevor sie antwortete. Es gefiel ihr nicht, was sie mich sagen gehört hatte. Sarah macht es glücklich, uns glücklich zu machen, uns ihre Praxis rundum glücklich verlassen zu sehen, überzeugt von unserem Glück. Aber mein einziges Glück heißt Isaac. Ich weiß nicht, ob ich es mit neuen Namen herausfordern möchte.

»Du bist in den ersten Wochen. Es ist genug Zeit.« Sarah sah mich an und stützte wie ein Profi ihr Kinn auf die gefalteten Hände. Ihre Haltung verständnisvoll. Der Blick nicht. »Ich dachte, das Kind war geplant.«

»Nein.«

Sie nahm meine Karteikarte vom Tisch und steckte sie in den Kasten zurück, den sie dann in die Schreibtischschublade stellte. Anschließend faltete sie wieder die Hände. Und lächelte. »Besprich es mit ihm. Das wird dir bestimmt helfen. Es ist noch Zeit, Serena. Besprich es mit ihm, hör auf mich.«

Nach unserer Rückkehr aus Venedig sprachen Ricardo und ich viel von einem Kind. Er, vor allem er sprach darüber. Wir waren in das immergleiche Leben zurückgekehrt, in die immergleiche Hoffnung, die von der ersehnten Ankunft des Kindes belebt wurde. Ein paar Monate lang, ein knappes Jahr, gab es das Kind beinahe. Ricardos Schwestern, Ricardos Eltern, Ricardos Onkel und Tanten, alle erwarteten die Nachricht, alle fragten, alle wollten wissen, da sein, etwas tun. Serenas und Ricardos Kind würde bald kommen, in Auftrag gegeben, bestellt. Das Kind, das nicht kam, das sich bitten ließ, war Gegenstand von Scherzen bei Geburtstagen, bei den sonntäglichen Mittagessen, zu Weihnachten. Das Kind braucht aber lange, wo habt ihr es bloß gelassen. Man muss ihm Lust machen, Kinder. Ohne Lust und ohne Freude gibt es keinen Preis. Preis. Zwölf

Monate ohne Veränderungen, zwölf geschenkte Monate, die nach und nach zu einer Last für uns beide wurden, die unsere Begeisterung ein wenig trübten, die beschuldigend auf mir lagen. Die Scherze verhallten, und es folgten die wachsamen Blicke, die ungemütlichen Kommentare, es folgte das Hässliche, der Verdacht, die Unfähigkeit. Entschlossen wie wir waren, unser Ziel zu erreichen, fiel es uns nicht schwer, ärztliche Hilfe zu beanspruchen für eine gescheiterte Illusion, die sich von einem gemeinsamen Projekt zu einem gemeinsamen Problem entwickelt hatte. Es folgten die Fruchtbarkeitstests und mit ihnen die Nachricht, die keiner von uns beiden erwartet hatte. Das Problem lag bei Ricardo. Seine Samenflüssigkeit enthielt nicht nur ungewöhnlich wenig Spermien, diese hatten zudem Bewegungsprobleme. Er hatte das, was man gemeinhin einen trägen, dürftigen Samen nennt. Eine natürliche Befruchtung war undenkbar. Seine Spermien machten sich nicht auf die Suche nach meiner Eizelle, sie wussten nicht, wie sie sie finden sollten. Sie verharrten dort, wo sie waren, und warteten verwirrt auf ein Zeichen. Wir hätten zwischen den Zeilen lesen müssen. Wir beide. Wir taten es nicht.

Als sich nach Ausschluss mehrerer Möglichkeiten die der künstlichen Befruchtung auftat, zögerte keiner von uns. Es war die einzige Tür, die uns noch offen stand, und wir beschlossen einzutreten. Es war weder einfach noch angenehm. Fast ein halbes Jahr lang ging Ricardo täglich durch eine Hölle der injizierten Hormone, Tests und Kontrollen. Ich ging durch eine andere, an die ich mich nicht erinnere und auch nicht erinnern möchte. Trotz allem hofften wir weiter. Er auf der Suche nach einem Kind, das uns zu einer Familie machte, ich nach einem Ziel, das mich mit beiden Beinen auf dem Boden hielt und die große Langeweile, so viel Nicht-Leben mit ihm unter sich begrub. Wir suchten jeder für sich seine eigene Zukunft, und wir taten es gemeinsam. Das war erlaubt, oder zumindest kam es mir damals so vor. Schließlich kam der Augenblick der Einpflanzung. Nach der künstlichen Vorbereitung des Uterus, der sich ergeben zeigte, begierig darauf, für ein neues Leben ein Nest zu bauen, wurden mir drei befruchtete Eizellen eingesetzt. Von der Arztpraxis ging ich direkt nach Hause. Dann verbrachte ich eine Woche lang im Bett, stand nur auf, wenn es unbedingt nötig war, und nahm Hormone. Ricardo versorgte mich wie eine vor kurzem restaurierte Porzellanfigur, immer zuhause, immer an meiner Seite, zärtlich mit der zukünftigen Mutter, wie er es immer gewesen war, dienstbeflissener vielleicht, aktiver in seinem Wunsch, mich zu lieben. Sechs Tage nach dem Eingriff hatte ich die erste Blutung. Es war ein geringer Verlust, ein winziger Tropfen auf dem weißen Meer der Bettwäsche, das mich umhüllte, mich und meine drei befruchteten Eizellen. Wir riefen den Arzt. Er beruhigte uns. Wenn das alles an Verlust war, gab es keinen Grund zur Besorgnis. Aber schon bald folgte mehr Blut, flüssig und kräftig wie immer, es spülte alles Überflüssige aus mir hinaus, die Trägheit und die Unbeweglichkeit, das bisschen Leben, das Ricardo und ich zusammen hatten erzeugen können. Es lief das Blut, ja, und mit ihm begann auch ich zu gehen, mich aus dem Bettzeug nach draußen zu stehlen. Ich wollte nicht mehr. Keine weiteren Befruchtungen, keine weiteren Tests, keine weitere Hoffnung. Ricardo gab sich ebenfalls geschlagen. Keiner von uns beiden sprach von einem zweiten Versuch. Wir waren müde, so vieler Dinge müde, körperlich erschöpft. Er versank langsam in sein Schweigen eines trägen und schuldbewussten Verlierers, dem ich nicht zu nahe kommen wollte. Ich drehte mich zum Fenster meines Zimmers und begann zum ersten Mal, eigene Zukunftsvisionen zu entwickeln. Es gefiel mir, was ich sah oder was ich ahnte. Es gefiel mir, sehen zu können und zu wissen, dass ich noch immer sehen konnte. So bald wie möglich schloss ich mich einem Orchester an und ging zu den Proben.

Einen Monat später begann ich Ricardo zu verlassen und mietete mir eine Einzimmerwohnung im Zentrum. Als ich eines Abends nach der Probe in einer Bar neben dem Konzertsaal aß, begegnete ich Isaac. Wir redeten kaum. Wir aßen nebeneinander am Tresen sitzend wie zwei Hühner auf der Stange. Wir waren beide frei, fühlten uns frei, jeder für sich im Gleichgewicht, unerreichbar, unteilbar hingen wir an diesem Tresen wie zwei Schiffbrüchige an ihrem Stück Holz. Es gefiel mir, in jener Nacht seine Nähe zu spüren. Mir gefiel seine Art, mich nicht anzusehen. Eine Woche später ging ich nach der Probe wieder in die Bar. Kurz darauf tauchte auch er auf. Wir aßen, wir gingen spazieren, ich gab ihm meine Geige, und er trug sie mit beiden Armen wie ein Kind, das er fest umarmte.

Am nächsten Tag verließ ich Ricardo endgültig. Damit änderte sich alles.

»Komm«, schreit die Mutter des Jungen, jetzt mit verkniffenem Mund und verzerrtem Gesicht. Der Kleine plärrt nicht mehr, er schwankt zwischen einer verzweifelten Grimasse und einer Folge von Schluckaufs mit immer längeren Pausen. Es steht Angst in diesen Augen, das sieht die Mutter und das sehe ich. Es steckt Angst in der Hand der

Mutter, die sie ihm schon ein paar Minuten hinhält, die den Kleinen auffordert, zu ihr zu kommen und das Leben aufwärts oder abwärts, aber schlussendlich Leben, weiter zu leben. Es steckt Schuld in dieser Hand, weil sie verängstigt hat, weil sie manchmal nicht zärtlich sein kann, weil sie nicht weiß, wie sie ihre Autorität einsetzen, ihre Autorität durchsetzen soll … Wegen so vielem, das sie vielleicht niemals erklären kann, so dass der Kleine sich selbst vergisst, der Schluckauf vorüber ist und er plötzlich sie beschützt, ihm bei ihrem Anblick mit ausgestreckter Hand, so allein, so mütterlich, der Atem stockt. Besprich es mit ihm, hat Sarah gesagt. Ich müsste es mit ihm besprechen, das stimmt, höre ich mich denken. Mit Isaac kann ich das. Obwohl ich nicht weiß, was ich ihm sagen soll, obwohl ich nicht weiß, wie ich ihm erklären soll, dass ich einmal Mutter werden wollte, um nicht länger sonst nichts zu sein, und dass es mir nicht gelungen ist, dass es nichts geworden ist, weil das Blut aus mir herausgelaufen ist und der Verlust des Lebens, das ich wollte, mir mein eigenes wiedergegeben hat. Obwohl ich ihm nicht werde sagen können, dass mein Kind keine Großeltern haben wird, weil ich mich nicht an ihre Stimmen erinnere, an keine von beiden, dass ich ihre Stimmen gelöscht habe, denn um ohne sie weiterzuleben, musste ich ohne hörbare Erinnerungen, ohne ihr Schweigen weitermachen; dass es nur einen Vater hätte und wenig mehr, und dass ich nicht so viel Leben habe für so viele Menschen. Dass mehr Leben keinen Platz in mir hat. Sarah möchte, dass ich mit ihm rede. Sie erwartet, dass Isaacs Stimme, das, was er mir sagen kann, etwas verändert. Aber genau das kann Sarah nicht wissen. Vielleicht will ich nicht, dass sich etwas ändert. Vielleicht ist es einfach so, dass mir mein Leben gefällt, wie es ist, dass ich in meinem Aquarium eine Ritze gefunden habe, durch die ich schlüpfen und ohne Angst, keine Luft, kein Wasser, kein Licht mehr zu bekommen, zwischen Isaac und meiner Musik flussaufwärts schwimmen kann.

Unter dem Stadthimmel, eingehüllt in diese milde, braune Septemberluft, sehe ich, wie sich Mutter und Sohn rasch entfernen. Der Kleine trödelt ein wenig. Sie zerrt ihn hinter sich her, und er scheint die Spannung ihrer beider Arme zu genießen. Miteinander verankert, der eine am anderen. Der Kleine dreht sich um und sieht mich an. Er lächelt. Ich lächle auch. Von Sarahs Praxisfenster aus kann man die Wolken vorüberziehen sehen. Vielleicht sieht sie sie zwischen Patientin und Patientin. Vielleicht glaubt sie, dass ich in ein paar Tagen mit einem neuen Leuchten in den Augen zurückkehre und sie sich über das, was ich ihr sagen werde, freuen und das Gefühl haben wird, dass sie von dort oben manchmal etwas verändern kann.

Venedig verändert sich nicht. Es kann sich nicht verändern, weil das Wasser keinen Raum, keine Zeit für Veränderungen lässt. Hier hat die Zeit keinen Platz. Seit wir das Hotel verlassen haben, schlendern wir ziellos dahin, mein Arm in seinem, langsam, ganz langsam verlieren wir uns in der Weite der Brücken, Kanäle und dem Geruch nach Feuchtigkeit. Über Venedig zu sprechen ist nicht möglich, es ist, wie über die Wüste zu sprechen. Was soll man sagen? Sand und Himmel? Venedig zu sehen bedeutet, es sich vorstellen zu müssen. Es ist Größe. Wir haben gut gegessen, aber ich erinnere mich nicht, wo. An den Namen ja, an den Geruch ja, aber ich würde nicht dahin zurückfinden. In Venedig ist es nicht gut, zurückzukehren. Man muss im Kreis gehen, man muss vorwärtskommen, irgendwohin. Es ist ein Labyrinth, und ein Labyrinth verlangt Kühnheit, Tapferkeit, Mut.

Er schlurft. Isaac schlurft ein wenig beim Gehen und ist manchmal abwesend. Er sieht mich an, lächelt und bewegt den Kopf wie ein kleiner Vogel, der auf einem Geländer sitzt und lauscht, vielleicht sieht er mich kaum, vielleicht sieht er weit mehr in mir, als ich mir vorstellen kann. Manchmal flüstert er. Er wiederholt sich. Das macht mir Sorgen. Er ist nicht der Isaac wie sonst, er ist der Isaac der letzten Wochen, schwerfälliger, weniger ausgelassen. Er ist müde, sagt Serena. Gewiss. Verständlich. Drei Ausstellungen innerhalb der letzten drei Monate müssen ihn ausgelaugt haben. Amsterdam, Barcelona, Oporto, in Galerien und Museen Fotos aufhängen wie jemand, der vor aller Augen Wäsche aufhängt. Sich selbst und seine Aufnahmen von nackten, alten Menschen zur Schau stellen, damit die Welt sie sehen kann. Alte Haut stellt er aus. Falten und müde Augen. Weißes Haar. Glatzen. Das, was man nicht zeigt. Das, was ich nie zeigen würde. Isaac schon. Isaac zeigt immer, was ihn motiviert. Er hatte nie etwas zu verbergen, nicht einmal mich in den Jahren, als ich nicht ich war. Die betrunkene Elsa. »Du bist meine Mutter«, sagte er. »Betrunken oder nicht, du bist meine Mutter.« Isaac. Ich weiß nicht, was ich ohne ihn getan hätte. Und ohne Serena.

Wir sind über Brücken und durch Gassen spaziert, bis meine Beine zu schmerzen begannen. Dann kehrten wir für eine Siesta ins Hotel zurück. Es ist heiß in diesem wiederentdeckten Venedig. Es ist heiß im Zimmer. Vor meinem Fenster schlängelt sich ein kleiner Kanal ins Innere des Labyrinths. Auf der einen Seite der Ponte delle Erbe und über den Dächern das Ospedale Civile wie ein schwerer, stiller Sarkophag. Am Horizont Fenster und so viel Stille, dass ich am offenen Fenster sitze und mich von dem arglistigen Nachmittag der Stadt streicheln lasse, den kräftigen Kanalgeruch einatme und dem Gemurmel der Touristen nachhänge, die man von hier aus nicht sieht. Vor sechsunddreißig Jahren war der Blick derselbe. Dasselbe Hotel, dieselbe Brücke, dasselbe Zimmer mit den roten Blumen am kleinen Balkongeländer. Vor Jahren herrschte dieselbe Stille in dieser Stadt, die sich nicht ändert, denn es gibt weder ein Wohin noch ein Woher. Aber damals war alles schon passiert, heute müssen die Dinge noch geschehen. Sie sind verschworen. Ich bin hier, lebendig und zurück. Und ich bin mit Isaac gekommen. Wir beide. Wir sind zum Feiern gekommen. Ich, um ihm zu danken, um Dinge zu sagen, die ich früher hätte sagen müssen. Er, um zu erfahren, was er nicht ahnt. Es tut weh, hier zu sein.

Das Zimmertelefon klingelt. Isaac ruft mich von seinem Zimmer aus an.

»Wir sollten hinuntergehen, Mama«, sagt er. »Lass uns im Hof ein wenig frische Luft schnappen, was meinst du? Vielleicht können wir was Leichtes zu Abend essen, jetzt ist bestimmt noch niemand da.«

Ich lächle. Isaac mag die Stille so sehr wie ich. Wir werden in den geschlossenen Innenhof des Hotels hinuntergehen und uns neben den Springbrunnen setzen. Vielleicht sind wir die Ersten.

Es ist Freitag, und das hier ist Venedig. Die Sonne möchte untergehen, und ihr Licht taucht die Schatten, die noch keine richtigen sind, in Rot. Isaac und ich sitzen an einem Tisch in dem kleinen Hof, eingerahmt von abgeblätterten Wänden, zurückgezogen in einem ruhigen Winkel dieses Labyrinths aus Wasser und Geruch. Es weht eine warme, frühherbstliche Brise, die über den Staub und die Brotkrümel auf der Papiertischdecke fegt. Es ist Freitag, ja. Isaac legt seine Serviette auf den Teller und greift nach einer Zigarette, überlegt es sich dann anders und lässt seine Hand einen Augenblick in der Luft hängen. Ich kenne diese Hand gut, ihr Profil, ihren Umriss. Ich habe sie geboren, ich habe sie viele Male gesehen und gespürt, sehr viele Male in diesen fünfundvierzig Jahren.

Von der anderen Seite des weißen Eisentisches sieht er

mich an. Er sitzt mit dem Rücken zum Restaurantfenster und betrachtet mich und den Springbrunnen. Er strahlt. Das Licht liebkost uns beide. Er trinkt einen Schluck Kaffee, danach einen kleinen Schluck Mineralwasser. Er fühlt sich wohl. Ich sehe ihn gerne so. Wohl mit mir. Seiner Mutter. Er sieht mich in Erwartung von etwas an. Ich glaube zu wissen, was, und ich habe Angst, mich zu irren. Er sagt nichts. Es stehen so viele Fragen in diesen Augen, dass ich nicht weiß, wo ich anfangen soll.

Ich seufze. »Was willst du wissen, mein Junge?«

Er blinzelt. Vielleicht will er gar nichts wissen. Vielleicht bin ich im Irrtum. Er zündet sich eine Zigarette an und schlägt die Augen nieder. »Das, was du mir erzählen möchtest.«

»Worüber?«

Ohne den Kopf zu heben greift er zur Mineralwasserflasche und beginnt mechanisch, das Etikett abzureißen. Das gefällt mir nicht. Dann flüstert er: »Über Venedig. Über diese sechs Tage. Ich ...« Er stolpert über diese drei Punkte und mir nimmt er die Luft mit dieser Auslassung, die ihn noch immer schmerzt. Ich möchte ihn nicht so sehen. Ich möchte es nicht wissen. Er sucht nach einem Weg, weiterzusprechen, taucht rückwärts. »Ich dachte, du kommst nicht zurück.«

»Du warst noch sehr klein, Isaac.«

»Und du warst nicht da.«

»Es waren nur sechs Tage.«

»Du bist trocken zurückgekommen. Großmutter sagte, du seist in der Stadt des Wassers, und ich dachte, dass du im Meer wärst. Unten.«

Ich lache auf, was nicht gut klingt. »Ich war untergegangen, ja.«

Er verzieht den Mund zu einer Grimasse, die ich gut kenne. »Ich auch.«

»Ja, ich weiß.«

Zwei junge Mädchen gehen an unserem Tisch vorüber und grüßen uns auf Englisch. Ich erwidere den Gruß nicht. Isaac auch nicht. Sie verschwinden durch die Tür zum Speisesaal. Es ist so still hier, zu dieser Stunde, dass ich für einen Moment die Augen schließe, um sie zu genießen. Meine Stimme hallt an den Steinen und der abgeblätterten Farbe des Innenhofs wider. Meine Stimme ist alt geworden. »Ich bin allein nach Venedig gekommen und habe das Hotel bis zu meiner Abreise nicht ein Mal verlassen.« Isaac sieht auf. Er zupft noch immer am Etikett der Flasche. »Ich wusste, dass mich da draußen nichts Gutes erwartet. Ich bat darum, nicht gestört zu werden, und setzte mich auf die weiße Samtbank, die auf dem Teppich zu treiben schien. Von dort aus erforschte ich den schmalen Kanal, der unter meinem Zimmerfenster entlangführt, diesen kleinen Winkel der Stadt, in dem bis spät in der Nacht Wasser, Müll und irgendein trauriger, verirrter Tourist angespült werden. Der Tod deines Vaters hatte mich an einer Klippe der Zeit und des Schmerzes stranden lassen, dem ich mich noch nicht zu stellen wagte. Álvaro ist tot und ich bin in Venedig, wiederholte ich mir ständig. Er tot und ich hier.«

Isaac sieht mich an mit seinen graublauen Augen wie sauberes Meerwasser. Er raucht nicht. Kaum ein Wimpernschlag. Als er spricht, schüttelt er den Kopf. »Ich verstehe noch immer nicht, warum du allein herkommen wolltest. Warum hast du mich nicht mitgenommen?«

Ich weiß nicht, was ich ihm antworten soll. Ich beschließe, weiterzureden, mich treiben zu lassen. Seit langem hatte ich meinen Sohn nicht mehr für mich, für mich ganz allein. »Du warst erst neun Jahre alt.«

Er runzelt die Stirn im Versuch, sich zu erinnern. Er blinzelt. Er hat ein gutes Gedächtnis, selbst für das, was man nicht erinnern kann.

Und ich vermisse ihn schon so lange. Ich sage es ihm. »Ich vermisse dich schon so lange, mein Sohn.« Er verzieht den Mund. Er mag es nicht, wenn ich so mit ihm rede. Ich spreche weiter: »Dein Vater mochte Venedig nicht.«

»Das weiß ich schon.«

»Nein, das weißt du nicht.«

Ich kehre in die Erinnerung zurück. Außer Sätzen nichts. Leere. Diese Leere füllt sich mit einer Geschichte, die ich viele, sehr viele Jahre lang wiederholt habe, bis sie wahr wurde. Die Geschichte, die offizielle, besagt, dass Álvaro eine Oktobernacht nutzte, um in der Badewanne über den Tod zu stolpern, dass ich ihn am nächsten Morgen fand, nachdem ich die Nacht bei Isaac im Krankenhaus verbracht hatte. Ihm war der Blinddarm herausgenommen worden, und in der Nacht wachte ich bei ihm. Als ich nachhause kam, setzte ich mich auf den Hocker im Bad und steckte die Hand ins Wasser. Es war kalt und er aufgequollen wie eine Seerose. Blau. Violett. Tot. Álvaro besaß ein Mondgesicht und die Geduld eines großen Bruders, den ich nie hatte. Er war Isaac ein guter Vater gewesen, und das zögerte alles viel zu lange hinaus.

Ich kuschle mich in meine Jacke. Die Septemberbrise tut uns gut. Uns beiden.

»Álvaro war ein guter Vater.« Es ist meine Stimme, es ist die Stimme der Erinnerung, des Nicht-Wirklichen. Ich habe meinen Sohn vor mir, weil es in meiner Lebensgeschichte einen Mann namens Álvaro gab, in dem wir uns beide irrten.

»Ich glaube, Papa hat dich nicht geliebt.« Das ist Isaacs Stimme. Er sieht mich beim Sprechen nicht an.

»Das weiß ich schon.«

Álvaro liebte sich selbst zu sehr. Zwischen ihm und seinen vielen Ichs war kaum noch Raum für andere. Isaac will weiterreden über das, was er nicht weiß, und ich lasse ihn. Etwas sagt mir, dass wir auf sicherem Boden sind, solange er darüber spricht.

»Mehr noch«, sagt er, schlägt für den Bruchteil einer Sekunde die Augen nieder, ein Wimpernschlag. »Ich glaube, er hat dir mit seinem Tod einen großen Gefallen getan. Du wärst nicht fähig gewesen, ihn zu verlassen.«

Er hat recht. Das hat er meistens. Und obwohl es manchmal Angst macht, wenn er redet, möchte ich immer noch mehr. Ich möchte mehr von ihm: ihn mehr in meiner Nähe, mehr an meiner Seite, mehr für immer, mehr als nie …

»Mama.«

Zwei englische Touristen betreten den Hof und bleiben an der gegenüberliegenden Seite stehen. Er in hellen Bermudashorts, Sportschuhen und Tenniskappe. Sie entzückt. Sie ist in Venedig und hält eine Videokamera in der einen Hand und einen Stadtplan, den sie nicht lesen kann, in der anderen. Verirrt, verirrt zum Ende ihrer Reise. Sie versuchen minutenlang, auf dem Stadtplan ihren Standort auszumachen, ohne Erfolg. Ich lächle. Ich sehe ihr Spiegelbild in der Fensterscheibe, vor der mein Sohn sitzt. Ich frage mich, ob sie Kinder haben. Ob sie sie vermissen.

Nachdem Isaac sein Studium abgeschlossen hatte und

ausgezogen war, schnitt er Zeitungsartikel aus und sammelte sie in einer blauen Mappe, die er alle zwei Wochen in meinen Briefkasten leerte. »Zur Information«, pflegte er als Notiz seinen Geschenken hinzuzufügen. Die Artikel hatten nichts miteinander zu tun. Manchmal waren sie nicht einmal vollständig. Es gab Absätze, Sätze, Buchstaben. Mit ihnen und mit den Jahren begann ich das Rätsel zu lösen, das mein Kleiner gewesen war. Er war in eine Gitarrenspielerin verliebt gewesen, die ihn mit anderen Männern betrog, welche sie wiederum mit ihm betrog. Eines Tages bestellte er sie zu sich, ließ sie auf dem Sofa Platz nehmen und erzählte ihr die Wahrheit. Die Wahrheit über sie natürlich, nicht die über ihn. Natalia, so hieß die Gitarristin, sagte nichts. Sie verschwand wie das Segel eines Geisterschiffs, gepeitscht vom salzigen Wind des Kummers. Dann passierte das, was passierte, und Isaac suchte mich. Er fand mich nicht. Er rief bei mir an und hinterließ mir eine Nachricht auf dem Anrufbeantworter: »Ich bin im Krankenhaus, Mama. Ich weiß nicht, ob ich mich operieren und damit zulassen soll, dass mich diese Mistkerle noch weiter massakrieren, oder ob ich in wenigen Stunden in diesem Scheißladen sterben soll. Kannst du mich anrufen, wenn du einen Moment Zeit hast?«

Einfach so. Ruf mich an, wenn du einen Moment Zeit hast, weil ich im Sterben liege und mich vielleicht vorher von dir verabschieden möchte. So typisch für Isaac. Ich hörte die Nachricht nach der Siesta.

Es gab noch eine. Sie begann mit trockenem Gelächter, einem Räuspern voller Blut und Auswurf. »Ich weiß nicht, warum ich gesagt habe, dass ich mich von allen verabschieden möchte. Ich wollte sagen, dass ich mich von dir verabschieden möchte. Ich weiß nicht, was mit mir los war.«

Ich lief ins Krankenhaus. Als ich eintraf, war er schon im Operationssaal. Er war auf einem Zebrastreifen von einem Geländewagen erfasst worden. Er hatte so viele Knochenbrüche, so viele Blutergüsse, so viele verletzte Organe, dass ich nicht wusste, wo ich zuerst hinschauen sollte. Und das war erst der Anfang.

»Du siehst schrecklich aus«, murmelte er mit verzerrtem Lächeln. Es war Spätsommer. September. In dieser Nacht regnete es.

Ich brachte keinen Ton heraus und setzte mich neben ihn. Jemand, eine Krankenschwester, sang irgendwo ein Volkslied. Vielleicht war es ein Bolero.

»Und?«, warf er mir mit geschlossenen Augen an den Kopf. Ich wusste nicht, ob ihm klar war, was er sagte.

Ich sah ihn an. Ich verstand nicht, um was er mich bat. »Was ›und‹?«

Er lächelte. Er versuchte es zumindest. »Ja, Mama. Was soll ich tun? Soll ich mich operieren lassen oder sterben?«

Es schnürte mir die Luft ab.

»Du bist schon operiert worden, mein Junge.« Ich versuchte zu spielen, mich vor der großen Angst zu schützen, aber meine Hände schwitzten. Es funktionierte nicht.

»Es werden weitere folgen. Ich habe vier gebrochene Wirbel. Und ein paar Rippen. Dann ist da noch das andere. Die Weichteile.« Er lachte auf, was klang, als würde eine geschlossene Auster auf der Ablage zerschellen. »Vielleicht werde ich nie mehr gehen können. Vielleicht habe ich den Kopf voller Blutgerinnsel. Vielleicht halte ich nicht durch.«

»Sprich nicht so«, hörte ich mich sagen.

Er blinzelte, als hätte ich ihn überrascht. Das ist gelogen. Wenig, nur sehr wenig kann Isaac überraschen. Und nichts von dem, was ich sage, gehört dazu.

»Dann sprich du.«

Ich versuchte, meine Stimme in den Griff zu bekommen, bevor ich zu sprechen anhob. Er war so weit entfernt vom Leben, so abgetrennt von seinem eigenen Körper und zugleich so klar bei Verstand, dass weder die Ärzte noch ich Vermutungen anzustellen wagten.

»Wenn du glaubst, dass ich dich sterben lasse, kennst du mich schlecht. Es wird anstrengend. Und wenn man dich ein, zwei oder hundert Mal operieren muss, das ist mir egal, aber wir überstehen das, wir beide …«

»Mama …«, unterbrach er mich und sah mich mit solcher Klarheit an, dass es mir Angst machte. Ich senkte den Blick.

»Wir gehen, wohin es auch immer nötig sein wird. Wir suchen …«

»Ich möchte dich um etwas bitten«, unterbrach er mich wieder und legte mir seine Hand auf den Arm. Isaac hatte knochige, lange Finger, unbeschädigte Nägel voll getrocknetem Blut, aber ohne Risse. Er lächelte unter den Schläuchen, als er meinen überraschten Gesichtsausdruck sah.

»Sprich.«

Seine Hand fuhr meinen Arm hinunter, bis sie in meiner lag. Er wollte sie drücken.

»Lass uns nach Venedig fahren«, flüsterte er. »Ich will nicht sterben, ohne in Venedig gewesen zu sein.«

Wir fuhren nicht. Wir hatten keine Zeit. Ein paar Stunden später musste Isaac wieder in den Operationssaal. In den folgenden sechs Stunden trieb ich im Nichts, wie ein gebrochenes Segel an der Schwingtür zum Operationssaal gestrandet. Betend. Ich. Ich betete ohne Unterlass, ohne es zu wollen. Ein einziges Wort.

»Bitte.«

Bitte. Bitte. Bitte. Eine unendliche Abfolge von Bitten, die die ganze Stadt bedeckt haben muss, bis sie sie mit Angst überzog.

Isaac kam an mein Band der Bitten geknüpft an Bord seines Krankenbetts wieder heraus und kehrte mit offenem, gezeichnetem Kopf ins Leben zurück. In den folgenden sieben Wochen wurde er noch fünf weitere Male operiert. Schließlich, an einem windigen und sonnigen Nachmittag, kehrten wir nachhause zurück, er im Rollstuhl, ich dem Leben dankend, ihn bei mir zu haben. Es waren acht Monate mit ihm zuhause, in denen ich seine Sprache, sein Gleichgewicht, seine Farbe bewachte. Tage der Taxifahrten in die Klinik, Behandlungen, Untersuchungen, unbegründete Hoffnungen, begründete Hoffnungen, Nächte des Wachens, in denen ich ihn atmen hörte und für ihn und für mich zugleich atmete. Es waren Monate der Aufmerksamkeit für das Leben, wie ich sie jahrelang nicht gekannt hatte, aus Mangel an Gewohnheit, nicht an Kräften. Fast ein Jahr lang war ich wieder ich.

Ohne einen Tropfen Alkohol. Nichts. Unfähig, zur Flasche zu greifen, mir sollte nichts entgehen. Er ekelte mich an. Mich ekelte davor, nicht ansprechbar zu sein. Nichts mitzubekommen. Fast ein Jahr lang eine intakte Elsa, die zum Schutzschirm ihres zerbrochenen Jungen wurde. Fast ein Jahr des Wunders.

Als sich Isaac schließlich wieder um sich selbst kümmern konnte, kehrte er in seine Wohnung zurück.

In jener Nacht betrank ich mich.

Aber das hier ist Venedig.

Bis hier, bis jetzt waren wir wir. Isaac und Elsa. Isaac und Mama. Dies ist ein Abend gehüllt in nüchterne Stille ohne viele Touristen, Nachsaison. Wir sitzen in einem kleinen, ruhigen Hof, gekrönt von einer Reihe fischförmiger Balkone. Isaac ist begeistert, obwohl er seit ein paar Tagen unkonzentriert und abwesend wirkt.

Beim Bezahlen hebt er den Blick und lässt ihn über die Meerestiere auf den fischförmigen Balkonen gleiten, die zum Innenhof des Hotels zeigen, Balkone, die jetzt über uns hängen.

»Fällt dir was auf, Mama? Es wirkt, als hätten wir auf dem Grund des Meeresbodens gegessen«, sagt er plötzlich mit einem Gesichtsausdruck, den ich als verblüfft interpretiere. Bevor ich etwas antworten kann, fügt er hinzu, wobei er mich ansieht mit diesen Augen, die mir hundert und eine Geschichten erzählen, von denen ich nicht weiß, ob ich sie hören möchte: »Kannst du dir vorstellen, dass das Leben einfach nur aus Ferien besteht? Dass das hier nur eine Pause vom realen Leben ist?«

Wenn ich ihn so reden höre, erinnert er mich an den rothaarigen Schüler Isaac, der sich im ewigen Gefecht gegen das Leben, gegen die Priester, gegen alles, was nicht wir beide zusammen war, hinter seinem Pult verschanzt. Er erinnert mich an so viele gemeinsame Jahre, in denen wir unserer Spur folgten, in der Einigkeit wuchsen, die manchmal eine Gegnerin, manchmal eine Freundin war. Er erinnert mich an Dinge von mir, an die ich mich nicht gerne erinnere und die ich im letzten Schluck Kaffee zu ertränken versuche, den ich noch in der Tasse habe.

Es gibt Schweigen zwischen dem Abend und dem was kommt. Es gibt Schweigen, bis er es bricht.

»Ein Essen weniger«, sagt er und seufzt zufrieden, wenn auch mit einem traurigen Lächeln, das er nicht zu verbergen sucht.

Ich weiß nicht, was ich sagen soll, aber ich spüre, dass das Schweigen mich weniger Mutter sein lässt. Schlecht, eine schlechte Mutter.

»Sag das nicht.«

Er senkt den Blick. »Aber es ist doch wahr. Ein Essen weniger für mich. Ein Essen weniger für dich. Für alle.«

Es vergehen die Sekunden, die auf den gepflasterten Hof trommeln wie Steine auf einen gefrorenen See.

»Ich bin schon fünfundvierzig Jahre alt, Mama.«

Und ich weiß noch immer nicht, was ich sagen soll. »Ich weiß nicht, was ich sagen soll, mein Junge.«

Er hebt den Kopf und sieht mich an mit Augen voller Vergangenheit, eine Vergangenheit, die ich plötzlich versäumt zu haben glaube. »Die Wahrheit.«

»Die Wahrheit?«

»Ja.«

»Ich verstehe dich nicht.«

»Ich möchte nicht so sterben, Mama.«

Ich schlucke, und beim Schlucken schmuggeln sich die Pflastersteine, das verrostete Eisengeländer der kleinen Brücke und das Restaurantfenster in mich hinein. Verschluckt vom Hals bis zur Brust.

»Wie ›so‹?«

»Ohne zu wissen.«

Und ich will nicht, dass er so mit mir spricht.

»Warum?«

»Wie warum?«

»Warum willst du es wissen?«

»Weil es mir guttun wird.« Er lächelt. »Und weil du

erzählen willst.« Ihn lächeln zu sehen, wenn er mit mir spricht, zerbricht mir das Leben. Er ist mein Sohn, und plötzlich fehlt mir der Mut, Scheiße. Ich schlage vor, einen Spaziergang zu machen, ein Ausweg. Er schaut mich unverwandt an. »Warum hast du Papa nie verlassen?«

Es gibt Momente, in denen ich lieber nicht das Bedürfnis zu rauchen hätte. Es gibt Momente, in denen ich mich allzu nackt fühle, hilflos.

»Und warum musst du so viele Fragen stellen?«

»Warum, Mama?«

»Warum habe ich den Eindruck, dass du deinen Vater vermisst?«

Er lächelt. Er hat Lust zu spielen. Ich kenne das Spiel gut. Er auch.

»Und warum habe ich den Eindruck, dass ich eine Million Dinge von dir nicht weiß?«

»Blödsinn.«

»Als ich fünfzehn war, habe ich eine Klassenkameradin geschwängert. Wusstest du das?«

Ich lächle. »Ja, klar.«

»Es stimmt aber. Du warst viel zu weit abgedriftet. Du hast nie was mitgekriegt.«

»Was stimmt noch?«

»Vieles.«

»Was zum Beispiel?«

»Dass ich mich nicht erinnere, ob Papa mich geliebt hat, und ich würde gerne mit dir darüber sprechen.«

Über dem Platz hängt ein seltsames Licht. Meine Lungen sind so verschlossen, dass ich die Rückenlehne meines Stuhles am Brustbein spüre. »Tu mir das nicht an, Isaac.«

»Hat er mich geliebt?«

»Das ist nicht mehr wichtig.«

»Für mich schon.«

»Willst du wissen, warum ich zu trinken angefangen habe?«

Er sieht mich an, als hätte ich ihn geohrfeigt. Er stellt die Flasche auf den Tisch. »Ja.«

»Um nicht zu hören.«

»Um was nicht zu hören?«

»Um deinen Vater nicht atmen zu hören.«

»Red keinen Scheiß, Mama. Als du zu trinken angefangen hast, war Papa schon tot.«

»Es gibt Dinge, die du nicht weißt.«

»Wirst du sie mir erzählen?«

Ich zünde mir eine Zigarette an. Ich spüre, wie der Rauch in meinem Hals kratzt und mich von innen einhüllt. Es hilft mir nicht.

»Dein Vater hat sich nicht in der Badewanne das Genick gebrochen.« Ich sehe ihn nicht an. Ich spreche weiter. »Er starb in der Wanne, aber er hat sich nicht das Genick gebrochen. Es war kein Unfall.«

Isaac hat wieder die Flasche in der Hand. Es gibt kein Etikett mehr, das er abreißen könnte. Er fährt mit dem Fingernagel über die Klebestelle, und er tut es langsam, konzentriert.

»In jener Nacht schlief ich bei dir, erinnerst du dich?«

Er nickt, ohne den Blick von der Flasche abzuwenden.

»Bevor ich ins Krankenhaus fuhr, war ich noch kurz zuhause, um meine Zahnbürste und Wäsche zum Wechseln zu holen. Es war schon spät. Dein Vater lag in der Badewanne. Ich ging ins Bad, um meine Sachen zu holen, und er grüßte mich nicht einmal. Das wunderte mich nicht, du weißt ja, wie er war. Es hing Dampf in der Luft, Hitze, was weiß ich. Ich ging zur Badewanne und sah ihn im warmen Wasser schlafen, es reichte ihm bis zum Mund. Er atmete durch die Nase. Er atmete ein und aus wie ein kaputter Blasebalg, fast ein Schnarchen, langsam, ganz langsam. Unter meinen Füßen auf dem Boden knackte ein Haufen kleiner Hüllen. Blister. Ich zählte sie. Ich setzte mich auf die Kloschüssel und zählte sie, einen nach dem anderen, ohne Eile. Ich zählte achtundvierzig. Ich verstreute sie wieder dort, wo ich sie gefunden hatte. Dein Vater schlief und würde nicht aufwachen. Er erlosch in den Winkeln dieses schwerfälligen, matten Atmens, das das ganze Badezimmer, die ganze Wohnung zu erfüllen schien. Seine Füße ragten nach oben und das Badewasser war nur wenige Zentimeter von seiner Nase entfernt.«

Isaac sitzt ruhig da. Seine Hände liegen auf den Schenkeln. Nicht entspannt. Abwartend.

»Ich verließ das Badezimmer und schloss die Tür. Ich packte Wäsche zum Wechseln ein und fuhr ins Krankenhaus. Jene Nacht schlief ich bei dir. Ich nahm eine der Schlaftabletten, die ich auf dem Badezimmerboden gefunden hatte. Ich schlief gut. Ich habe nicht einmal geträumt. Am nächsten Tag fuhr ich nach Hause und fand deinen Vater wie eine verwelkte Seerose im Wasser treibend. Stumm. Tot.«

Isaac betrachtet seine Füße. Seine Hände liegen jetzt auf dem Tisch.

»Den Rest kennst du ja.«

Er sieht auf. Nein, er kennt ihn nicht.

»Er hat nichts hinterlassen, keine Nachricht. Ich weiß nicht, warum er es getan hat. Nicht, dass ich es nicht verstanden hätte, aber ich weiß es nicht. Jedenfalls hat es mich nicht überrascht. Er hat schon zu lange mit dem Tod gespielt, er drohte immer mit ihm, er schwankte wie ein arhythmisches Pendel zwischen Euphorie und Trauer, im Versuch zu leben, im Versuch zu lernen. Er war ein trauriger Mann, Isaac. Und feige. Bewusst feige. Das gefiel ihm nicht. Vielleicht gefiel ich ihm auch nicht, und du auch nicht. Ich weiß es nicht.«

Isaac starrt auf die Balkone an der Hauswand vor sich. Es ist bereits dunkel, und nach und nach sind die Laternen im Hof angegangen. Das Plätschern des Springbrunnens gibt der hinter mir hereinbrechenden Nacht den Takt vor.

»Ich glaube, mehr möchte ich nicht wissen, Mama. Heute nicht.«

»Einverstanden.«

Eine kleine Windböe peitscht durch den Innenhof und hüllt uns beide ein.

»Möchtest du, dass wir einen Spaziergang machen?«

»Nein. Ich glaube, ich gehe in mein Zimmer hoch. Serena wird gleich anrufen«, antwortet er mit einem Blick auf die Uhr. »Wenn du willst, reden wir morgen weiter.«

»Fühlst du dich gut?«

Jetzt sieht er mich an, aber in seinem Blick finde ich einen fast konturlosen Isaac. Er nickt, ein, zwei, drei Mal, aber es ist weder eine eindeutige noch bejahende Bewegung. Es ist eine mechanische, unbewusste Geste. Sie gefällt mir nicht. Isaac hört mir nicht zu, und sein spitzer, kalter Gesichtsausdruck ist nicht der meines Sohnes. Plötzlich steht er auf und gibt mir einen flüchtigen Kuss.

»Ja, natürlich.«

Und nach einem »Gute Nacht, Mama«, das ich kaum höre, geht er schlurfend zur Eingangstür des Hotels. Ich sehe ihn verschwinden, eingerahmt vom Licht, das aus der Tür fällt, ich sehe, wie dieser breite Männerrücken zwischen den abgeblätterten Wänden im Dunkeln verschwindet, und ich weiß, dass etwas nicht stimmt, ich weiß, es gibt einen Fehler und dass der Fehler meiner ist. Isaac geht ohne zu fragen, ohne wissen zu wollen, und das ist nicht mein Isaac. Der Isaac von sonst, meiner, ist pure Neugier, er ist der Mann des ständigen »Warum?«, er war von klein auf so, er hat immer gefragt, geforscht, alles beobachtet, bis dieses Alles ihm zu klein wurde und man ihn bremsen musste, manchmal mit einer hässlichen Wahrheit, andere Male mit einer Lüge. Womit auch immer. Nach einem Abschied, in dem wir uns nicht wiedererkannten, geht Isaac mit lahmen Schritten in sein Zimmer hinauf. Er hat nichts weiter wissen wollen, und ich kann es nicht glauben. Nach so vielen Jahren des Schweigens, des Kreisens um diese sechs Tage der Leere ohne mich, gegen mich, von mir, hat er gesagt: Morgen reden wir weiter, und es ist nicht seine Stimme, die mich um Zeit gebeten hat. Auf dem Tisch verstreut liegen die Reste des Flaschenetiketts wie eine gefälschte Schatzkarte, eine falsch gezeichnete oder falsch gelesene Karte. Auf dem Tisch ist etwas in Scherben gegangen, und wieder habe ich es nicht erkannt. Wieder habe ich versagt. Ich habe bei ihm versagt. Es tut weh. Morgen gibt es mehr. Mehr Isaac. Vielleicht weniger ich.

Es ist nichts, rede ich mir ein. Alles ist gut. Isaac geht es gut. Er braucht Zeit. Das ist alles.

Geht's dir gut?«

Das ist Serenas Stimme. Ich höre sie fern und weiß, es ist nicht die Entfernung, die sie dämpft. Es war anstrengend, in mein Zimmer zurückzukehren. Der Aufzug, der Flur, der Schlüssel im Schloss haben mich angestrengt. Hitze. Plötzlich ist es heiß, und diese Hitze bin ich, nicht die Stadt, nicht die Luft, nicht diese Septembernacht, die niemanden zum Schwitzen zu bringen scheint. Ich schließe die Augen, und der Schwindel weicht ein wenig. Als ich sie wieder öffne, treiben das Fenster und sein fischförmiger Balkon über dem Dächermeer, das sich bis zu einer riesigen Kuppel erstreckt, die ich nicht zuordnen kann. Nein, Serena, mir geht's nicht gut. Seit einiger Zeit stimmt was nicht, auf dem Boden zeichnen sich plötzlich Abhänge und Abgründe ab, die es vorher nicht gab, der Boden und ich bewegen sich in unterschiedlichem Rhythmus, unabhängig voneinander. Ich schließe wieder die Augen, und Serenas Stimme ist ein verschwommenes Echo im Hörer, das auf mein Ohr trifft wie dumpfer Kanonendonner.

»Isaac.«

Mein Name. Isaac. Er hat einen Sinn, wenn ich ihn von einer Stimme höre, die nicht meine ist. Er hat ein Gewicht, das ich ihm nicht geben kann. Serena spricht mit mir, und ich finde nicht das Wort für das Teil, das ins Puzzle der Gegenwart passt. Ich weiß nicht, was jetzt kommt. Schweiß. Hitze. Venedig. Papa.

»Liebling.«

Das ist es. Liebling. Von Serena ausgesprochen und in diesem Moment ausgesprochen schlägt es von der Besorgnis, von der Sorge her eine Brücke zu mir. Es ist ein großes Wort, breit und stark. Ich klammere mich daran und gebe es ihr zurück, um Zeit ringend, damit der Boden sich wieder in die Horizontale begibt und die Worte sich in meinem Hirn suchen und finden, sich erneut zu bereits bestehenden Familien zusammenschließen. Einen Sinn bekommen.

»Mir geht's gut, Liebling. Ich vermisse dich nur.«

Sekundenlang Stille. Serena wird im Liegestuhl auf der Terrasse sitzen, vor sich auf dem Teakholztisch eine Tasse Tee. Im Pyjama, vielleicht nur im T-Shirt. Endlich entspannen sich dort die Sekunden und verwandeln sich in Fragen nach dem Tag: dem Flug, der Stadt, den Farben, Mama. Sie fragt und ich antworte, so gut ich kann, wie ich es oft getan habe, wenn ich weit weg war. Ich kenne den Tonfall und den Rhythmus, ich weiß, wie ich erzählen und das Alltägliche ordnen muss, damit es einen Anflug des Abenteuers, der Neuigkeit bekommt. Serena dankt es mir. Sie wiederholt ihre Frage. Sie will wissen. »Und deine Mutter? Hattet ihr Zeit zum Reden?«

Ich weiß weder, wonach sie fragt, noch wie die Antwort lautet, die sie erwartet. Zeit zum Reden? Wenn ich Nein sage, wird sie ahnen, dass wir geredet haben. Wenn ich Ja sage, wird sie mehr erfahren wollen, und ich werde die Antwort nicht wissen. Ich scherze. »Meine Mutter hat ununterbrochen geredet, seit wir Barcelona verlassen haben. Am liebsten würde ich sie in den Kanal schubsen.«

Sie lacht nicht. Die Antwort reicht ihr nicht, aber sie wird es nicht wagen, nachzuhaken. Ich frage sie nach ihr. »Und du? Alles in Ordnung?«

»Alles in Ordnung«, antwortet sie sofort. »Heute Morgen war ich im Park spazieren.«

Ich sage nichts. Plötzlich spüre ich ein Stechen in den Augen. Von hinten. Aus den Höhlen. Ich schließe sie.

»Isaac.«

»Ja?«

Es vergehen weitere Sekunden. Serena ist über etwas gestrauchelt, das sie verbirgt oder das ihr wehtut.

»Es tut weh.«

Ich öffne die Augen. Es tut weh und ich bin nicht da. Oder vielleicht tut es weh, weil ich nicht da bin. Was tut weh, Serena. Tu mir das nicht an. Warte noch ein bisschen. Leide nicht allein; so, von hier aus, kann ich dich nicht auffangen.

»Sitzt du auf der Terrasse?«

»Ja.«

»Im T-Shirt?«

»Ja.«

»Mit deinem Tee in der Hand?«

»Ja.«

»Gut.«

Man hört jemanden schreien, und plötzlich weiß ich nicht, ob der Schrei von hier kam, aus Venedig, oder aus dem Abgrund, über dem Serena auf unserer Terrasse schaukelt.

»Nein Isaac, nicht gut.«

Wieder das Stechen. Der Boden befindet sich im freien Fall, und ich setze mich im Bett auf, um den Schwindel zu bezwingen.

»Nicht gut?«

»Nein.«

»Warum?«

»Weil ich heute Morgen im Park spazieren war.«

Serena bewegt sich so, in Spiralen, sie hinterlässt Spuren, damit ich sie finde. Es gibt einen Irrgarten mit Namen Serena, der sich manchmal zeigt und manchmal schlummert, verborgen im Tag für Tag. Es gibt ein Labyrinth, bei dem ich nicht immer weiß, wo der Eingang ist. Zuweilen nehme ich es wie ein Spiel. Heute nicht.

»Ich verstehe dich nicht, Liebling.«

Sie seufzt. Ich höre sie einen Schluck Tee trinken und dann das dumpfe Geräusch vom Abstellen der Teetasse auf den Tisch.

»Ich bin schwanger.«

Da ist er. Der Eingang. Serenas Labyrinth wird jetzt mit ungewöhnlicher Geschwindigkeit in meinem Gehirn sichtbar. Sie läuft zwischen Hecken hindurch und an Springbrunnen vorbei, sie zieht an mir, an meiner Hand, und sie animiert mich dazu, ihr blind zu vertrauen. Meine Atmung fällt aus, ich bekomme keine Luft. Nein, mir geht es nicht gut. Seit einiger Zeit entgleitet mir das Leben durch einen Spalt, den ich noch nicht gefunden habe. Mir entweicht die Kraft, sie entwischt mir und ich mit ihr.

Schwanger. Serena sitzt auf der Terrasse und spricht mit mir. Mit mir, der ich weit weg bin, ausgerechnet heute, ausgerechnet jetzt. Ich habe Lust zu weinen. Einfach so, große, unbändige Lust, ins offene Meer zu weinen, nicht in diese schmalen und dunklen Kanäle. Ich spüre meine Lungen voller salziger Flüssigkeit, gerührt, zusammengezogen.

»Ich bin schwanger und weiß nicht, ob ich es bekommen kann. Ich weiß nicht, ob ich es will«, sagt sie schließlich. »Und es tut weh.«

Ich kann nicht sprechen. Ich habe so viel zu beweinen, so viel Freude und so viel Angst, die ein leeres Gefüge um mich herum im Zimmer bilden, dass ich meine Stimme nicht finde. Ich platze vor Rührung. Mir ist wieder schwindlig.

»Bist du noch da, Isaac?«

Ich bin da, ja. Voller Wasser und Salz, den Kopf auf dem Kissen und das Handy ans Ohr gedrückt, rechne ich nach, versuche zu verstehen. Ich stelle mir Serena auf der Terrasse vor wie eine Treibmine auf hoher See, betrachte sie von oben und versuche, den Mechanismus zu ergründen, der sie deaktiviert, um zu verhindern, dass sie in einer Wolke aus Wasser und Schaum explodiert. Ich werde ein Kind haben und Serena weiß nicht, ob sie es bekommen will. Ich bin hier, ja, aber ich weiß nicht, was ich sagen soll. Ich weiß nicht, ob es etwas ändern würde, ob sie schon eine Entscheidung getroffen hat. Wenn ja, wird es wehtun. Mir. Diesmal mir.

»Du solltest glücklich sein, Liebling.«

»Ja, ich weiß.«

»Ich bin es.«

»Ja, ich weiß.«

»Also?«

Sie atmet schwer. Ich wechsle das Handy zum anderen Ohr und trockne es dabei am Bettlaken. Es ist schweißnass.

»Ich weiß nicht, ob ich es kann.«

Ich verstehe nicht. »Ob du was kannst?«

Im Labyrinth tut sich eine Lichtung auf. Serena und ich gehen auf einen kleinen Teich zu. Wir beugen uns vor und betrachten uns im Wasser, das unsere Gesichter widerspiegelt.

»Ob ich dich mit einem Kind teilen kann.«

Das Wasser ist schmutzig.

»Selbst wenn es unseres ist.«

Das Wasser ist schmutzig, und die Lichtung des Labyrinths schließt sich um mich und verschlingt die Stimme und die Luft. Serena ist nicht mehr da. Die Hecken schließen sich über mir und das Licht verschwindet langsam. Es gibt etwas, das nicht verschwindet, etwas, das sich zwischen ihrer Stimme und meiner verheddert hat, und ich fürchte, dass dieses Etwas ich bin. Es gibt etwas, das langsam Kraft verliert, und ein Stechen, das sich zwischen den Augen einen Weg bahnt wie ein Drillbohrer mit feiner Spitze. Die Hand, die das Telefon hält, existiert nicht mehr, sie trägt nicht mehr, und ich sehe das Handy zuerst aufs Bett fallen, auf das weiße Laken aufschlagen, und dann auf dem Boden zerschellen, wobei es in mehrere Teile zerspringt, und gleichzeitig ertönt zu meiner Rechten ein Klingeln.

Auf dem Nachttisch vor dem Fenster vibriert das Zimmertelefon bei jedem Klingeln und schneidet mir ins Gehirn mit einer plötzlichen, glühenden Dunkelheit, die alles bedeckt. Ich bewege mich mit geschlossenen Augen. Der Schmerz ist zu groß. Etwas zieht an der Wange und am Arm, nicht an der Haut, weiter innen, weiter unten, an einer Schnur, von deren Existenz ich nichts wusste, bis sie sich mit Unterbrechungen schmerzlich offenbarte. Etwas flimmert, und ich kann es nicht steuern, ich kann kaum atmen. Es sind zwei Schritte vom Bett zum Fenster, zwei Beinlängen in diesem anhaltenden Kraftaufwand, zwischen denen meine Lungen Wasser und Salz auspumpen, auf der Suche nach Luft, auch nach Stimme. Das Telefon klingelt weiter und ich bewege mich über den Teppich darauf zu wie ein Boot mit Schlagseite, das in einem offensichtlich ruhigen Meer auf das gleichmäßig blinkende Licht eines Leuchtturms zuschaukelt. Dort ist jemand. Dort ist jemand, der Licht schickt, damit ich mich nicht verliere, damit ich ankommen kann. Jemand sucht mich da draußen, aber ich verstehe das Zeichen nicht mehr, ich schlucke Wasser, ich schlage leck. Irgendwann in der Nacht habe ich Serena vergessen, und ich erinnere mich nicht, wann oder wo, aber ich kann nicht zurückblicken, der Boden treibt mit mir senkrecht auf das Fenster zu und, ich ahne, auch senkrecht zum Leben. Ich ahne, dass ich gehe, dass dies kein Ankommen ist. Als es mir endlich gelingt, den Hörer abzuheben, grüßt mich eine Stimme aus dem Tümpel, aus dem schmutzigen Wasser, das Fenster und Zimmer füllt, das mir Kopf und Lungen füllt. Ich lehne die Stirn an die Fensterscheibe. Jemand spricht in mein Ohr. Es ist Mama.

Ich atme tief durch und klemme den Hörer an mein Ohr. Es ist Isaacs Stimme. Ich stelle ihn mir am anderen Ende der Leitung vor, ans Fenster gelehnt, das Gesicht ans Glas gepresst. Ich stelle ihn mir vor, wie eine Mutter sich einen Sohn vorstellt, wobei sich Erinnerung und Realität vermischen.

Venedig. Das hier ist Venedig, und Isaac ist am anderen Ende des Flurs zwischen zwei Worten stecken geblieben. Er in Zimmer 39. Ich in Zimmer 32. Zwischen uns beiden zwei Worte, an denen mein Sohn hängen bleibt wie ein abgestürzter Komet in der Leitung zwischen zwei Masten. Zwei.

»Guten Abend.«

Das sagt er ein, zwei, drei Mal. Mehrmals. GutenAbendGutenAbendGutenAbendGutenAbendGutenAbendGutenAbend. Ich setze mich langsam aufs Bett, ich will ihn unterbrechen, ich flüstere, ich weiß nicht mehr, ob ich laut oder nur in meinem Innern gesprochen habe, ein automatisches Ist-alles-in-Ordnung-mein-Junge?, das sich bricht an diesem monotonen und schwachsinnigen Gemurmel. An seiner Stimme.

»Ist alles in Ordnung, mein Junge?«

»GutenAbendGutenAbendGutenAbendGutenAbendGutenAbend.«

»Isaac.«

»GutenAbendGutenAbendGutenAbendGutenAbend-GutenAbend.«

Ich ziehe mich nicht an. Ich sehe nicht in den Spiegel. So wie ich bin, renne ich den Flur hinunter. Barfuß. Die Mutter rennt, und die Entfernung vervielfacht sich, weil der Sohn nicht antwortet. Isaac lehnt am Fenster. Er schnauft wie ein verwundetes Tier, wobei er ein raues, tränenloses Wimmern von sich gibt, hässlich und trocken. Ich umarme ihn von hinten, lege meinen Kopf an seinen Rücken, klammere mich an ihn.

»Mein Junge.«

Plötzlich Stille. Seine Hand tastet nach meiner, er befühlt die Handfläche, er zeichnet etwas darauf, das ich nicht verstehe, er dreht sich langsam um und sieht mich an. Isaac zittert, es zittert der fünfundvierzigjährige Mann, der mein Sohn ist, und als ich ihn so zittern sehe – nicht vor Kälte, nicht vor Angst –, sein Gesicht zu einer idiotischen und entstellenden Grimasse verzerrt, knackt es in meiner Seele. Isaac öffnet und schließt unbeherrscht den Mund und verspannt die Wangenmuskeln, als würden innen hunderte von Saiten, hunderte von Akkorden zerreißen. Er schaut mich an und sieht mich nicht. Er ist nicht da. Er spricht. »Ma…«

Er atmet tief ein, so angestrengt, dass ich fürchte, ihn zu verlieren.

»Was ist, mein Schatz.«

»Ma…«

Er hebt die Hand und lässt sie schlagartig fallen. Ich schlucke, für mehr bleibt keine Zeit. Seine Augen verdreht. Der Boden unter seiner plötzlichen Reglosigkeit und ich auf dem Teppich treibend, bis ich beim Telefon ankomme und alles drücke, was mein Finger findet, der auch zittert, dem wie bei einer kaputten Marionette die Steuerung fehlt.

Die Stimme des Nachtportiers. Seine nächtliche Freundlichkeit gegen mein pochendes Blut im Wettlauf gegen die Zeit. Ich höre mich schreien.

»Notarzt.«

Ich umarme Isaacs leblosen Körper, und dabei wird mir bewusst, wer ich bin und was ich zu verlieren fürchte. Ich umarme, wie eine fünfundsechzigjährige Frau ihren einzigen Sohn in Zimmer 39 in einem Hotel in Venedig umarmt. Allein in meiner Umarmung, verharre ich so: auf ihm liegend, ihn umarmend, jetzt, wo uns niemand sieht, Mutter auf Sohn, ohne Scham. Ich bin schwach, Isaac. Ich bin schwach und habe nur dich, ich möchte nur dich haben, weil mir alles andere zu mühselig ist und, ja, weil es mir auch Angst macht. Nach und nach bahnt sich eine Sirene ihren Weg durch den dichten Schleier der Stille, der über der Nacht liegt. Es ist ein schrilles Geräusch, das ich allmählich näher kommen höre. Wenn diese Sirene bei uns ankommt, wird so viel geschehen sein, werde ich so viel gedacht haben, dass die Jahre, die mir noch zum Leben bleiben, nur ein Von-jetzt-an sein werden, ein Nie-wieder. Wenn sie uns auf diesem weißen Teppich finden, wird sich jemand eine Geschichte über eine Mutter ausdenken, die ihren Sohn in einer Stadt des Wassers verliert, erstickt an ihren Fehlern. Ich lege meine Wange auf Isaacs, und als ich sein Glühen spüre, begreife ich vieles, für das ich keinen Raum zu haben glaubte, und ich finde mich bekümmert, in größten Kummer versunken. Elsa. Ich.

»Elsa …«, höre ich mich ins Ohr meines Sohnes flüstern. Denn Isaac darf mich, meinen Namen nicht vergessen. Denn in alldem existiert eine Elsa, ich existiere auf diesem Floß von Sohn inmitten dieses weißen Meeres, und ich fürchte, es nicht mehr zu wissen, wenn Isaac nicht die Augen öffnet und meinen Namen ausspricht, als würde er ein einfaches Wort konjugieren, ein erstes Wort. Elsa.

Die Sirene zerhackt die Stille, und in der Fensterscheibe flimmert das Blaulicht wie ein Vorbote, eine Warnung. Das Telefon klingelt. Ich strecke den Arm aus und greife, ohne von Isaacs Seite zu weichen, zum Hörer und klemme ihn mir ans Ohr. Vom anderen Ende der Leitung befördert mich Serenas ferne Stimme in die Realität des Hotels, in die Entfernung, in das Ich-will-nicht zurück. Erstmals werde ich gewahr, dass ich seit geraumer Zeit nicht atme, dass ich nur warte.

»Isaac?«

Serena. Ihre geliebte Stimme. Es ist die Entfernung, die uns diese Nacht trennt, die schon bald wie eine Mörsergranate über mir niedergeht und mich vollständig zerfetzt. Es ist der Krankenwagen, der zu hören ist, aber nicht eintrifft, und es ist Isaac auf dem weißen Boden, der manchmal verkrampft mit einem Fuß, einem Muskel zuckt. Es ist die Angst. Ich bin stumm.

»Isaac.«

Es ist der Name meines Sohnes. Fünf Buchstaben wie die fünf Worte der verfluchten Frage, die uns in diese Stadt geführt hat. Begleitest du mich nach Venedig?, habe ich gesagt. Ich höre Serena am anderen Ende der Leitung atmen, und ich sage ihr Dinge, die ich nicht höre, die ich mich nicht sagen höre. Ich rede mit mir selbst, ich verausgabe mich in einem unverständlichen Vortrag, der sich schließlich in ein einziges Wort zusammenfassen lässt. Die

Stimme ist meine, denn der Schrei, den sie übermittelt, tut weh. Das Wort ist so allumfassend, dass es mir zu groß ist. Ich suche in den Höhlen meiner Lungen nach Luft für den Schrei. Hilf mir, Serena. Komm her. Leg nicht auf. Warte. Auf einer eingebildeten Tafel kombiniere ich Buchstaben, bis sich das Wort schließlich von selbst bildet, so ursprünglich, so vollständig.

»Komm.«

Isaac öffnet die Augen und dreht mir den Kopf zu. Langsam, ganz langsam. Er ist wach. Isaac ist wach, und am anderen Ende der Leitung spricht Serena, aber ich verstehe sie nicht, denn ich habe nur Augen für ihn, wenn ich blinzle, ist er vielleicht nicht mehr da, schließt wieder die Augen, dreht den Kopf weg und ist nicht mehr erreichbar für mich. Ich begreife, dass mein Sohn sich bewegt, dass er mich anschaut. Ich begreife, dass sein Blick ein anderer ist, und ich frage mich, in was er sich von diesem Augenblick an verwandeln wird, welche Dimension er annehmen wird. Isaac versucht sich aufzurichten, aber er kann es nicht, er hat es verlernt, er ist überfordert, und ich will ihm helfen, ziehe am Telefonkabel, damit ich mit alldem nicht allein bin, ich ziehe an Serena, die am anderen Ende des Meeres, der Nacht, schreit, die für mich schreit, weil ich es nicht kann. Zwei Krankenpfleger tragen eine Bahre, Sauerstoff, Decken und was weiß ich herein. Schreie im Zimmer. Schreie der Dringlichkeit, des Notfalls in einer Sprache, die nicht die meine ist, aber genauso schlimm klingt. Die nach Unglück riecht. Isaac sieht mich an. Ich ergreife seine Hand und ziehe ihn an mich, bevor die Krankenpfleger ihn mir wegnehmen können. Serena ist verstummt. Ich führe den Hörer zum Mund und gebe eine Zusammenfassung des

Abends. Ich bitte. Ich fordere. Ich trage zusammen, was ich weiß und was ich nicht sagen kann, damit sich meine Stimme durchs Telefonkabel windet und ein gebrochenes »Komm« artikuliert.

Mama umklammert meine Hand und zieht mich an sich. Ich sehe sie mit dem Telefonhörer am Ohr stumm schnaufen. Sie sieht mich an.

»Komm«, stammelt sie in den Hörer, bevor sie ihn loslässt. Dann heben mich zwei weiß gekleidete Männer hoch und legen mich auf eine Bahre. Mama beugt sich zu mir herunter. »Das war Serena. Sie kommt her.«

Die Krankenpfleger sprechen Italienisch, und ich schließe die Augen zum Schutz vor dem fluoreszierenden Licht des Fahrstuhls. Das hier ist Venedig, ich weiß. Und Serena ist nicht da. Sie ist, wo ich sie vor ein paar Tagen zurückgelassen habe, festgehalten in dem Augenblick, als sie die Tasche auf den Wohnzimmersessel gestellt hat und daneben stehen geblieben ist. Sie hatte graue Augen, die im gedämpften Licht jener Septembernacht fast gelb leuchteten. Ich hielt ihr die Hand hin, und sie streckte ihren Arm aus und schloss ihre Hand in der Luft zum Gruß. Ich antwortete nicht. Sie sah mich mit hochgehaltener Hand an und lächelte. Einen Augenblick stützte sie sich auf die Rückenlehne des Sofas, nahm die Hand aber sofort wieder von dem weißen Cordbezug. Serena ist keine Frau der Stützen. Sie sah mich immer noch lächelnd an. »Was denkst du?«

Ich antwortete nicht. Ich betrachtete sie weiter, ohne etwas zu sagen. Ich wusste, wenn ich noch ein paar Sekunden länger schwieg, würde sie die Arme verschränken, eine Augenbraue hochziehen und mit einem Lächeln und einer Stimme, die jeder andere als verärgert empfunden hätte, sagen: »Isaac.«

Da war er. Mein Name mit ihrer Stimme. Er gefiel mir. »Dass du keine Frau der Stützen bist.«

Das Lächeln löste sich von ihrem Blick. Von ihren Lippen nicht.

»Und dass du Katzenaugen hast.«

Sie ging zur Küchentür und redete mit zugekehrtem Rücken mit mir. Ich stellte sie mir heiter, vielleicht herausfordernd vor.

»Ich habe früh gelernt, in der Dunkelheit zu sehen.«

Das sagte sie. In der Dunkelheit zu sehen. Ich wusste nicht, was ich antworten sollte. Ich versuchte ebenfalls zu lächeln, aber wenn Serena Sätze wie diesen ausspuckt, ist es besser zu schweigen. Manchmal. Sie drehte sich um und sah mich an, sie forderte mich zu einer Antwort auf. Als ich sie gab, klang ich zögerlich. Ich versuchte, es nicht zu sein. »Warum?«

Sie legte den Finger auf eine kleine Ritze, die sich mit den Jahren in der Küchentür gebildet hatte. »Ich weiß nicht, ob du darauf vorbereitet bist, es zu erfahren.«

Ich wusste nicht, ob sie es ernst meinte. »Wirst du mir eine Geschichte erzählen?«

Sie lächelte. »Möchtest du sie hören?«

»Ich weiß nicht.«

»Überleg es dir. Ich gebe dir fünf Minuten.«

Sie verschwand in der Küche und tauchte nach ein paar Minuten mit einer Tasse Tee in der Hand wieder auf. Sie kam näher und setzte sich auf die Armlehne des Sofas. Dann sah sie mich an. »Möchtest du sie hören?«

Ich wusste nicht, was ich antworten sollte.

»Ich war zwölf Jahre alt«, begann sie. Das gefiel mir nicht. Mir gefiel weder der Tonfall noch das, was er ankündigte. Sie fuhr fort: »Ich war zwölf Jahre alt und kam aus der Schule. Es war Winter. Es war kalt. Ein Mann fuhr mit mir ihm Fahrstuhl hinauf, ein eleganter, älterer Typ. Er lächelte. Als wir im zweiten Stock ankamen, öffnete er mir die Tür, sagte ›Adiós‹, strich mir übers Haar, und der Fahrstuhl fuhr mit ihm weiter nach oben. Ich hörte ihn ein Stockwerk höher anhalten. Ich ging in die Wohnung. Ich stellte meinen Ranzen in mein Zimmer, nahm das Vesperbrot und die Geige und ging auf den Treppenabsatz hinaus. So war es immer: Fahrstuhl, Treppenabsatz, Tür, Zimmer, Geige, Tür, Treppenabsatz. Immer gleich. Immer zur selben Zeit dienstags und donnerstags. Manchmal auch freitags.«

Ich wartete schweigend. Serena sah mich nicht an. Sie trank einen Schluck Tee. Ich hörte sie schlucken.

»Eine Woche später sah ich ihn wieder, und die nächste und die nächste, immer dienstags und donnerstags. Zusammen im Fahrstuhl. An einem dieser Nachmittage, als ich in meinem Stockwerk ausstieg, stieg auch er aus. Er sagte, er würde zu Fuß hochgehen. Wir verabschiedeten uns mit einem nachbarschaftlichen Lächeln, wie es unbekannte Bekannte austauschen. Dann ging ich in die Wohnung, nahm das Vesperbrot, die Geige, schaltete zuerst das Licht im Esszimmer und dann im Flur aus und ging wieder auf den Treppenabsatz hinaus. Es war dunkel. Ich ging aus dem finsteren Brunnen des Wohnungsflurs in die hellere Dunkelheit des Treppenabsatzes, schloss die Tür hinter mir und tastete nach dem Lichtschalter im Treppenhaus. Da spürte ich eine Hand auf meiner, eine große, kalte Hand, die sich über meinen Fingern schloss wie ein riesiger Seestern, wie eine Luftblase. Ich konnte weder schreien noch mich bewegen. Nichts.«

Es gefiel mir nicht. Es gefiel mir nicht, was ich hörte, und ich wollte nichts weiter hören. Ich rutschte auf dem Sofa herum, aber Serena sah mich nicht an. Ich hatte Durst.

Ich sagte es ihr. »Ich habe Durst.«

Sie fuhr sich mit der Hand übers Gesicht und murmelte etwas, das ich nicht verstand. Dann hielt sie mir ihre Finger hin, eine von Serenas unbewussten Gesten. Sie streckt die Finger aus, weil sie vom vielen Spielen, von so viel Geige schmerzen.

»Ich spürte ein Atmen an meinem Ohr. Und eine Stimme mit einer so kurzen Botschaft, dass sie wie eingebildet wirkte. ›Komm‹, sagte die Stimme, ›komm‹.«

Sie hatte sich zu mir umgedreht, um mich anzusehen. Ihre Lippen lächelten mich an, ihre Augen nicht. Ich zog es vor, nichts zu fragen, und ich hätte es auch vorgezogen, wenn sie ihre Geschichte nicht beendet hätte. Ich wusste nicht, wie ich es ihr sagen sollte. Ich wollte sie nicht zum Schweigen bringen. Ich wusste, das würde sie mir nicht verzeihen.

»Ich vermute, es vergingen ein paar Sekunden, vielleicht nur eine, ich weiß es nicht. Als ich mich wieder bewegen konnte und nach dem Lichtschalter tastete, war der Mann verschwunden. Es war nur das: eine riesige Hand auf meiner, seine Brust an meiner und diese immense Dunkelheit, die alles verschlang, meine Stimme, den Treppenabsatz, die Stille, die Geige, das Üben, meine zwölf Jahre. Alles. Ich drückte den Schalter und kurz darauf hörte ich fern, ganz fern die Haustür zufallen. Meine Hand zitterte derart, dass ich, als ich in die Wohnung zurückgehen wollte, den Schlüssel nicht ins Schlüsselloch stecken konnte. Ich lief die Treppe hinunter und flüchtete mich zur Pförtnerin. Ich konnte nicht sprechen. Nur atmen. Ich atmete im Versuch, Luft zu schnappen, wie ein Fisch ohne Wasser. Ohne Geräusch. Die Pförtnerin ging meine Mutter holen, die schon kurz darauf eintraf. Als sie die Pförtnerloge betrat, schnappte ich weiter schweigend nach Luft, auf der Suche nach Nicht-Luft, Nicht-Stimme, auf der Suche nach dieser Sekunde in der Dunkelheit, in der sich plötzlich alles in schwarzes Meer verwandelt hatte, diese Sekunde, die ich nicht mit etwas von mir hatte füllen müssen, mit keinem Geräusch. Ich schnappte nach Luft auf der Suche nach dieser Sekunde des Nicht-ich-Seins, des unbekannten Schreckens, eine entschlüsselte Angst, weit entfernt von den verhaltenen Wutausbrüchen meiner Mutter und den merkwürdigen Exzessen meines Vaters. Meine Mutter legte mir die Hand auf die Stirn und blinzelte, als würde plötzlich die Sonne in die Pförtnerloge scheinen.

»Du glühst, mein Kind.«

Ja, ich glühte. Ich glühte in vielem auf einmal: im Wunsch, auf dem Rücken meiner Geige davonzufliegen und die Straßen zu durchforsten auf der Suche nach dieser nicht gewollten Hand, damit sie mir mehr über mich erzählte, über das, was im Licht und in der Dunkelheit geschieht; im Wunsch, mit glaubwürdiger Stimme von meiner großen Reise, von meiner Sekunde in der Dunkelheit auf dem Treppenabsatz erzählen zu können, zu hören, wie meine Mutter mich ausfragt, sie fragen zu hören, sie leben zu hören hinter diesen zusammengepressten Lippen und diesen breiten Hüften, die nur mich geboren hatten, ihre Tochter, ihre Serena; ich glühte im Wunsch, eine Luft zu atmen, die nicht nach dem salzigem Groll von gestautem Wasser roch, durch das Papa und Mama wateten, Mama mit der Unbeholfenheit einer ungeliebten Frau, Papa mit seiner erloschenen Stimme und dieser kranken, verhassten Präsenz. Ich hatte Fieber, ja, und Mama brachte mich nach oben in die Wohnung und ins Bett, ohne mich etwas zu fragen.«

Ich atmete ruhiger. Serena trank noch einen Schluck Tee, und der September in der Stadt milderte plötzlich die Luft der Abenddämmerung.

»Und die Augen?«, scherzte ich. »Du hast das mit dem Gelb vergessen.«

Mechanisch stellte sie ihre Tasse auf das Tischchen neben dem Sofa. Sie schwieg einen Augenblick.

»Seit jenem Nachmittag lernte ich in der Dunkelheit des Treppenhauses zu sehen. Ich begann ihn zu suchen. Ihn. Den Atem, die Hand und die Stimme. Das könnte der Beginn dieser Geschichte sein. Er ist es aber nicht. Auch nicht das Ende.«

Ich stand auf. Serena sah mich an, als würde sie mich zum ersten Mal sehen. Serena sah mich an, und das erfüllte mich plötzlich mit Leben. Serena hatte noch nicht zu Ende gesprochen, aber ich ging auf sie zu und berührte sie, und als ich das tat, schloss sie sich wie eine weiße, kleine Anemone. Langsam, ganz langsam drehte sie sich um, presste ihren Rücken an meine Brust, ergriff meine Arme und umarmte sich fest mit ihnen, sehr fest, bis wir schließlich gleichzeitig atmeten, nicht einer allein, sondern gleichzeitig, jeder seine Luft, wir atmeten ein und aus, was wir vielleicht nie würden teilen können, weil ich mich nicht teilen kann, ich will es nicht, und ich weiß, sie auch nicht. Wir atmeten gleichzeitig, bis sie wieder sprach.

Und erzählte. Und zum Ende der Geschichte mit den Katzenaugen kam.

»Nein, ich habe das Grau meiner Augen nicht wiedererlangt«, fügte sie mit weniger trockener, flüssigerer Stimme hinzu. »Die bekannte Dunkelheit erschreckt mich, Isaac. Die unbekannte hingegen ist diese Sekunde Hand auf der meinen auf dem schwarzen Treppenabsatz in meinem Elternhaus. Eine Hand, die keine Schmerzen zufügte, die sich nur nähern wollte, sonst nichts.

Und die ich manchmal sehr vermisse.«

Venedig. Das hier ist Venedig, und von unten betrachtet verkündet mir die Fahrstuhldecke, dass ich ein kranker Mann bin, dass etwas nicht in Ordnung ist. Serena kommt, sagt Mama. Warum ist sie nicht hier? Warum diese Entfernung zwischen meiner Anwesenheit und ihrer Abwesenheit? Jetzt wackelt die Bahre, der Fahrstuhl ruckelt. Ich höre Mama schreien. Ich höre sie fern, gedämpft, ausgelöscht von einem Wimpernschlag, der meiner ist. Ich zittere. Es gibt Licht, es gibt Licht, das schon wieder erloschen ist, und es gibt mich, ich erlösche Funken sprühend. Es gibt wenig. Jetzt Dunkelheit. Stille. Nichts.

Komm.«

Es ist Elsas Stimme, die ich inmitten anderer, die ich nicht erkenne, immer wieder höre. Vor ein paar Stunden ist etwas zerbrochen. Vor ein paar Stunden war es dunkel, und ich hing weiter am Telefonkabel, als würde mir jemand gleich etwas erklären, wie in Erwartung darauf, dass jemand aufhängt, dass sich jemand entschuldigt. Ich hörte Elsa schreien, immer entfernter, immer gedämpfter. Dann folgte Stille, eine Stille, die sich um dieses »Komm« von Elsa herum auftat und die mich noch immer vollständig einschnürt. Gestern Abend, in der Stadt, wusste ich, dass Isaac ging und niemand mir sagte, wohin. Elsa war am Telefon, und ich hasste sie, weil sie mir nicht mehr sagte, weil sie mir jegliche Information vorenthielt. Minuten nach dem Telefonat legte ich auf und packte meinen Koffer. Dann setzte ich mich mit dem Geigenkasten über der Schulter und dem Gepäck zu meinen Füßen neben das Telefon.

Es klingelte nicht.

Um sechs rief ich ein Taxi. An die Fahrt zum Flughafen erinnere ich mich nicht. Ich erinnere mich, das ja, an den Flughafenschalter und an das verschlafene Lächeln der Stewardess, das ich nicht erwiderte. Jetzt, über dem Meer, in den Wolken, erinnere ich mich noch an anderes: dass ich nach Venedig fliege, dass ich schwanger bin und dass mir plötzlich etwas sagt, dass ich unter schlechten Vorzeichen geboren wurde und dass das Leben, das ich in mir trage, möglicherweise auch nicht mehr Glück haben wird; dass Elsas Aufforderung wie alle »Komm«, die sich auf meinem Weg miteinander verschworen haben, die Dunkelheit beschwört. Das Hotelpersonal sagte, Isaac sei ins Ospedale Civile eingeliefert worden und Elsa seit gestern Abend nicht zurückgekehrt. Auf dem Stadtplan ist das Krankenhaus ein großer grün-brauner Fleck, über den ich unablässig mit dem Finger streiche. In diesem Fleck ist Isaac, zwischen Kanälen und dem angrenzenden Platz, im Labyrinth des Stadtplans, zwischen Hauswänden und Wasser, Isaac und Elsa, Mutter und Sohn, einzigartig sie beide.

Neben mir ein Mann mit seiner Frau. Mittleren Alters. Sie reden leise miteinander und halten einander hin und wieder die Hand. Sie erzählen sich etwas und sie lachen auch. Als die Frau merkt, dass ich sie ansehe, beugt sie sich etwas vor und lächelt mich an. Ich erwidere das Lächeln wie man einen Brief, der irrtümlich eintrifft, wieder in den Briefkasten steckt.

»Italienerin?«, fragt sie mit freundlicher Stimme vom Fenster aus.

»Nein.«

Sie lächelt zufrieden. »Auf Urlaubsreise?«

»Nein.«

Die Zufriedenheit lässt nach. Die Neugier nicht. »Ah, Sie fliegen aus beruflichen Gründen.«

»Nein.«

Der Mann, vermutlich ihr Gatte, legt ihr eine Hand auf den Arm, um sie zum Schweigen zu bringen. Sie sieht ihn an, womöglich verärgert. Wir sitzen in einer Reihe, scheint sie zu sagen. Die Sitze sind miteinander verbunden. Sitznachbarn unterhalten sich. Er dreht sich um und lächelt mich schüchtern an. Unangenehm berührt.

Sie bleibt hartnäckig. »Fliegen Sie zum ersten Mal nach Venedig?«

»Nein.«

Die Stewardess geht an mir vorbei und stößt mit ihrem Bein an meinen Ellbogen. Sie entschuldigt sich nicht.

»Für uns schon«, verkündet die Frau seufzend. »Wir haben morgen unseren vierzigsten Hochzeitstag, und unsere Kinder haben uns ein Wochenende in einem Hotel am Lido geschenkt. Wir haben zwei.« Ich sehe sie verständnislos an und sie merkt es. »Kinder, wir haben zwei Kinder. Einen Jungen und ein Mädchen. Er ist Ingenieur. Er heißt Germán. Sie … na ja, sie ist … Clara ist anders«, schließt sie und sucht in den Augen des Mannes Zustimmung. Ich denke an Elsa, an ihre Waffen einer mutigen Frau, an ihren Mangel an Zeit und Schamgefühl. Ich denke an Elsa und ihre Antworten, an die ins Gesicht gesagten Wahrheiten, was so unschön an ihr ist und was ich gerne auch könnte. Der Gedanke an sie hilft mir zu reden.

»Ist mir egal«, murmle ich. Die Frau lehnt sich zurück und greift sich an die Brust. Sie glaubt, nicht richtig gehört zu haben, und ihr Lächeln erlischt nicht gleich. Ich wiederhole: »Ist mir wirklich egal.«

Sie sehen mich an. Mann und Frau sehen mich verständnislos und verletzt an, und als ich mich so in ihren Blicken reflektiert sehe, begreife ich, dass es nicht das ist, was ich will. Nein, das ist es nicht. Ich will, dass sie mir zuhören, dass sie mir ein paar Minuten ihrer Zeit schenken, um ihnen zu sagen, dass ich über nichts anderes als über Isaac reden kann, denn wenn ich es nicht tue, habe ich Angst, ihn zu verlieren, mich vom Telefonkabel zu lösen, seit Elsas »Komm« mich zu dieser Leere verurteilt hat. Das ist es. Vakuumverpackt. Aus meinem Aquarium ist das Wasser abgelassen worden, und jetzt bleiben mir nur die Steine auf dem Grund, die im trockenen Zustand spitz sind.

Bei ihrem Anblick, Mann und Frau im gemeinsamen Lebensentwurf, beim Anblick der perfekten Verbindung des Zusammenhalts, die sie darstellen und die sie bestimmt mit den Jahren erlangt haben, mit der Vaterschaft und der Mutterschaft, mit dem Erlittenen, dem Genossenen, dem Frustrierenden, dem Enttäuschenden, dem Dankenswerten, dem Geopferten und dem Verfluchten, mit der Gesundheit und der Krankheit, dieses Ganze, das ich um mich herum nie gesehen habe, das ich weder bei Papa noch bei Mama gesehen habe, weil es zwischen ihnen nur Leere und keinen Zusammenhalt gab … Bei ihrem Anblick finde ich nicht das Schlüsselwort, das mich öffnet, das mir hilft zu sagen, was ich weder beschwören noch leben noch erleiden möchte. Ich kann nicht mit ihnen sprechen, weil ich keine Gelegenheit hatte, es von meinen Eltern zu lernen, weil ich sie nie so gesehen habe, auf einer gemeinsamen Reise, um das Kennenlernen, das gemeinsame Leben, das Geteilte zu feiern. Plötzlich begreife ich, dass auch ich es vielleicht nie feiern werde, dass ich nicht auf einer geschenkten Reise bin, dass ich seit gestern Abend Gefahr laufe, kein weiteres erstes Mal mit Isaac zu erleben, und ich muss die Augen schließen und mich an die verschlissenen, harten Armlehnen klammern, um nicht in die Leere zu stürzen, die sich plötzlich unter meinen Füßen auftut. Dabei kralle ich meine Hand in den Arm meines Sitznachbarn, der sich am ganzen Körper anspannt und die Hand zur Faust ballt.

Ich öffne die Augen, sehe sie an, und Mann und Frau schenken mir einen erwartungsvollen Blick.

»Ich habe Angst.«

Das sage ich. Nur das. Mehr fällt mir nicht ein. Für mehr bleibt keine Zeit. Die Stimme der Stewardess aus den in der weißen Decke eingelassenen Lautsprechern lässt uns aufschrecken. Sicherheitsgurte anschnallen, Rückenlehne in aufrechte Position bringen, beim Verlassen des Flugzeugs bitte nichts vergessen, Vorsicht mit dem Handgepäck, Vorsicht mit dem Ungehorsam, mit der Klimaanlage, mit dem kaputten roten Teppich im Mittelgang, Vorsicht, Vorsicht, Vorsicht. Anschließend versucht sie es auf Italienisch und dann auf Englisch. Sie verspricht sich so oft bei ihren schlecht aufgesagten Routinesätzen, dass sie auf halbem Weg abbricht und wir sie lachen hören, bevor sie ganz abschaltet.

Die Frau lächelt wieder. Sie hat mich falsch verstanden. DasarmeMädchenhatAngstvormFliegen. Das ist der verdichtete Satz, der ihr durch den Kopf geht wie die Botschaft eines Werbeplakats auf der Autobahn.

»Ach Kindchen. Das hättest du doch sagen können. Mir ist das früher auch so gegangen. Ich konnte in kein Flugzeug steigen.« Mein Sitznachbar nickt, schon entspannter. »Aber vor ein paar Jahren habe ich ein Seminar gegen Flugangst gemacht, und sieh mich an«, fügt sie hinzu und hebt die Hände wie ein Radfahrer, der mitten auf dem Abhang die Lenkstange loslässt. »Ein Wunder.«

Das Ospedale Civile ist der Fleck, den ich auf dem Stadtplan auf meinem Schoß sehe. Braun und grün. Ich lege den Finger auf den Fleck und kämpfe gegen die aufsteigende Übelkeit, die sich mit einem Schluchzer vermischt.

»Nein, Señora. Es ist keine Angst vorm Fliegen.«

Hochgezogene Augenbrauen. Die Hände hängen noch in der Luft, voller Ringe und einer Armbanduhr, die auch ein Geschenk für das Durchhalten, die Treue, das weibliche Verdienst sein dürfte.

»Ach nein?«

»Nein.«

Das Flugzeug landet hart auf dem Boden, es schießt mit hoher Geschwindigkeit über die Piste. Am Fenster hinter dem Kopf der Frau, die mich in Erwartung auf eine Antwort noch immer anschaut, zieht eine hässliche, graue Landschaft vorüber.

»Ich habe Angst vor dem Ankommen.«

Sie runzelt die Stirn. Sie versteht nicht. Sie versteht nicht, und ich habe weder die Zeit noch die Stimme, um es ihr zu erklären. Mein Nachbar seufzt. Die Stewardess übernimmt wieder von der Decke aus das Kommando. Willkommen in Venedig.

»Und dass es wehtun wird.«

Willkommen in der Stadt des Wassers.

Elsa und Serena

Frau auf einem Plastikstuhl mit weiß gekachelter Wand im Hintergrund. Meine Knie schmerzen und ich habe das dringende Bedürfnis zu rauchen. Zu schlafen nicht. Seit zwölf Stunden habe ich diesen Ort nicht verlassen, und ich weiß nicht, was ich da draußen vorfinden werde, wenn ich hinausgehe, weil ich nicht weiß, wie ich hinausgehen werde. Vor ein paar Stunden hat mir ein Arzt wichtige Dinge erklärt. Die wichtigen Dinge sind an der Decke des gläsernen Sprechzimmers hängen geblieben, weil sein Italienisch nicht bei mir angekommen ist. Nein, wir haben uns nicht verstanden. Kurz darauf ist die Oberschwester gekommen, eine dünne, blonde Frau, die sich neben mich gesetzt hat und mir Wort für Wort übersetzte, was der Arzt mir zu sagen hatte. Sie heißt Ainoa. Sie stammt aus Bilbao und arbeitet seit ein paar Jahren hier. Verheiratet mit einem Venezianer. Anfang dreißig. Schöne Stimme. Mehr weiß ich nicht. Als sie zu übersetzen begann, legte sie ihre Hand auf meinen Arm. Vermutlich tun sie das immer. Bei allen, die Angst haben. Wir saßen fast eine Stunde in dem kleinen Sprechzimmer. Der Arzt trug eine moderne Brille und eine teure Uhr und hatte perfekte, gepflegte Fingernägel. Er redete leise, wie man es mit einem Kind tut, wenn man es davon überzeugen will, dass Mama ärgerlich wird, wenn es weint, oder mit Alten, die keinen großen Widerstand mehr leisten können. Es gab Fragen, an die ich mich nicht erinnere und die meine waren. Es gab Schweigen, das ich nicht gut aushielt, und zwei Worte, die Ainoa von den Lippen des Arztes übersetzte, wobei sie zwischen beiden Luft holte und mich damit ein paar Sekunden zwischen dem einen und dem anderen in der Luft hängen ließ, wie eine Trapezkünstlerin an ihre Schaukel geklammert, eine alte Trapezkünstlerin, die den Boden von oben sieht, ohne Netz.

»Ein Tumor«, sagte Ainoa und drückte meinen Arm. Die digitale Uhr des ärztlichen Sprechzimmers zeigte 4.17 in der Nacht. »Ein Gehirntumor.«

Das waren die zwei Worte, die alles hervorbrachten, die mich hier auf diesen Plastikstuhl nagelten, die beiden Funken, die zwei parallel verlaufende Rinnsale der Information bewirkten, die nach und nach ein Labyrinth aus Fakten, Fristen und Anleitungen bildeten, ein Labyrinth mit doppelt schlechtem Ausgang, an den ich mich bruchstückhaft erinnere. Das Labyrinth bildet Krümmungen aus Hecken, falschen Wegen und Wänden aus Kummer, aus denen ich Dinge herauslese, die ich in meinem Zustand folgendermaßen verstehe: Der Tumor ist so groß, dass er kaum noch Platz für etwas anderes in Isaacs Kopf lässt. Er hat zu Ödemen, kleinen Blutgerinnseln und Entzündungen geführt, die sich auf Vitalfunktionen wie Sicht, Gesichtsmuskulatur, Gehör und Atmung auswirken. Wenn der Druck zu groß wird, führt das zu Krisen oder Anfällen von Epilepsie wie die beiden am Abend, der im Zimmer und der im Fahrstuhl: zitternder Körper, unkontrollierter Wimpernschlag, Atemnot, zuckende Beine, verdrehte Augen. Vorangegangen waren Monate der leichten Funktionsstörungen: Der Patient verändert sich charakterlich, er wirkt geistesabwesend, wie weggetreten. Dann folgen Unbeholfenheit, Erinnerungslücken, wiederholte und mechanische Gesten, Verhalten und Benehmen, das es vorher nicht gab, das so nie hätte auftreten dürfen. Dieses »So« ist Isaacs Leben. Dieses »So« hat man mir, seiner Mutter, gesagt.

»Und jetzt?«

Jetzt. Ich wollte einen Plan entwerfen. Isaac war krank, gewiss, aber im Sprechzimmer des Arztes gab es ein Jetzt, an das ich mich klammern musste, um nicht von meiner Schaukel ins Leere zu stürzen und auf dem Boden meines Albtraums in tausend Stücke zu zerspringen. Was tun wir jetzt, was kommt jetzt, wie können wir das ändern, meinen Sohn heilen, von hier verschwinden, aus diesen weißgekachelten Fluren, die nach dem riechen, was man nicht ausspricht, was man nicht will, was keine Mutter sehen dürfte.

Der Arzt nahm seine Brille ab und ließ sie um einen der Bügel kreisen. Nach der Geschicklichkeit der Geste zu urteilen tat er das nicht zum ersten Mal. Ainoa senkte den Blick. Diesmal brauchte sie nicht zu übersetzen. Sie sprach und ich verstand. In Ainoas weichem Spanisch wurde mein »Jetzt« zu drei Worten, die ihrerseits ein anderes Labyrinth bildeten, mit anderen Eingängen und anderen Ausgängen, mit anderen Codes, die ich nicht kenne und die sie mir mit geduldiger Stimme erklärte. Mein »Jetzt« mündete auf Ainoas Lippen in ein »Wir müssen hoffen«, das ich gut verstand, fast als Befehl. Hoffen von Hoffnung, von Wartesaal, von einer Haltung, die man nur einnimmt, wenn es noch Leben gibt, wenn das Jetzt sich ausdehnt und ein Nachher anzukündigen beginnt, ein Morgen. Er hat leicht geatmet, nur leicht, aber genug.

»Wir müssen hoffen«, wiederholte der Arzt auf Italienisch, wobei er mit dem Ausdruck eines besorgten Fachmannes die Lippen schürzte. Ainoa fuhr fort zu übersetzen. An mein Boot der Hoffnung geklammert, hörte ich sie durch die Wellen seiner Informationen waten.

»Wir müssen so weit wie möglich die Ödeme auflösen oder reduzieren, damit der Tumor nicht mehr so stark auf das Gehirn drückt. Wenn uns das gelingt, können wir sein wirkliches Ausmaß bestimmen und feststellen, ob man operieren kann.«

Ich sah sie an. Und wenn man es nicht kann?, dachte ich. Mir blieb keine Zeit, die Frage auszusprechen. Sie übersetzte weiter: »Wir können nur operieren, wenn es möglich ist, über sechzig Prozent des Tumors zu entfernen. Andernfalls, und in Fällen wie diesem, lohnt sich der Eingriff nicht.«

Der Eingriff. Was für ein hässlicher Ausdruck. Ein Eingriff in Isaacs Gehirn, nein. Im Gehirn meines Sohnes zu wühlen, nein. Heilen, genesen, das sind die Worte, die ich hören will. Auf die ich ein Recht habe. Ich bin seine Mutter.

»Im Augenblick müssen wir schnellstens dafür sorgen, dass sich die Ödeme auflösen und dass Isaac keinen weiteren epileptischen Anfall erleidet. Ein dritter Anfall in so kurzer Zeit könnte verhängnisvoll sein.«

Verhängnisvoll. Das hat Ainoa gesagt. Verhängnisvoll, in diesen schmutzigen Wänden voller Nachklänge von Menschen, die nicht mehr sind, die vor Isaac und mir hier hereingekommen und gegangen sind, soll heißen tödlich, soll heißen nie wieder. Verhängnisvoll bedeutet tödlich, es ist aus. Elsa ohne Isaac.

Ich wollte ihn sehen, ich bat darum, ihn zu sehen. Der

Arzt schüttelte den Kopf, und es folgten die Verbote, die Vorschriften, die Regeln der Schulmedizin, die die Patienten aus lauter Resignation gesund werden lässt, die hässliche.

»Isaac muss achtundvierzig Stunden isoliert bleiben. Besuche sind nicht erlaubt, tut mir leid. Wenn diese ersten kritischen Stunden vorbei sind, können Sie ihn sehen, aber nur eine halbe Stunde täglich und absolut geschützt, damit sie ihm keinerlei Viren übertragen können. Der Zustand Ihres Sohnes ist extrem kritisch, ich hoffe, Sie verstehen das.«

Es fiel mir schwer, abzuwarten, bis Ainoa zu Ende gesprochen hatte, um dem Arzt zu sagen: »Mir ist egal, was Sie hoffen.«

Ainoa hat das nicht übersetzt. Es war nicht nötig. Der Arzt sah mich mit undurchdringlichem Gesicht an, und ich musste fragen. Ich musste wissen. »Wenn Sie ihn operieren, soll das heißen, dass er nicht daran sterben wird? Dass ich vorher sterbe?«

Er setzte die Brille wieder auf. »Nein.«

Eine Tür wurde geschlossen. Ich hörte, wie irgendwo hinter mir eine Tür geschlossen wurde, und es vergingen ein paar Sekunden, bis mir bewusst wurde, dass die Tür in mir war und dass sie weder ein Schloss noch einen Schlüssel hatte. Es gab keine Luft.

»Warum?«

Ainoa hatte ihre Hände auf die Knie gestützt. Der Doktor schüttelte den Kopf, vielleicht, um weniger Schaden zuzufügen, um kindlicher zu wirken. »Das kann ich Ihnen nicht beantworten. Zunächst müssen wir sehen, wo der Tumor genau sitzt, und die Möglichkeiten abschätzen, die eine Operation bietet. Jedenfalls kann es sein, dass wir mit einer Operation sein Leben nur ein paar Monate, vielleicht Wochen verlängern können. Wir wissen es noch nicht.«

Damit blieb ich um 5.18 Uhr in der venezianischen Septembernacht zurück. Damit und mit den vier Worten, mit denen ich seit diesem Moment, seit mich Ainoa, nachdem sie vergeblich versucht hatte, mich zu einer Rückkehr ins Hotel zu bewegen, hierher begleitete, auf den Kacheln dieses schmutzigen Wartesaales hundertundeine Kombinationen eines eingebildeten Kreuzworträtsels zusammenstelle. Vier Worte wie die vier Saiten von Serenas Geige.

Tumor. Gehirn. Warten. Jetzt.

Bis jetzt, am späten Vormittag, hilft mir keine der Kombinationen, die ich mit ihnen auf der Wand bilde, weiter. Keine rettet etwas. Ich habe Angst. Ich habe solche Angst, dass ich seit gestern Abend nicht einmal Hunger verspüre, weder Schlaf brauche noch Durst habe noch aufs Klo muss. Ich habe keinerlei Bedürfnisse, weil mein Sohn isoliert ist, allein mit seinem Tumor, weil ich zuvor schon nur wenig hatte und mich jetzt als kinderlose Mutter vom Sohn, von Isaac amputiert fühle. Seit ich hier in diesem leeren Saal sitze, habe ich in dem Stückchen Flur, das die verglaste Holztür freigibt, Krankenschwestern, Ärzte und Krankenbetten vorüberziehen sehen. Ainoa ist zweimal vorbeigekommen. Sie hat mir Tee im Plastikbecher gebracht und sich ein Weilchen zu mir gesetzt, aber ich habe nicht gewusst, was ich sagen sollte. Geteiltes Schweigen ist ein schlechtes Geschenk im Wartesaal eines Krankenhauses, und sie weiß das. Natürlich weiß sie das. Als sie sich das zweite Mal zu mir setzte, legte sie mir wieder die Hand auf den Arm. Sie hat nichts gesagt. Dann hörte ich meine Stimme. Ich hatte sie nicht so müde, so alt in Erinnerung. Ich sah sie von den weißen Kacheln zu mir zurückschwappen und wie eine verebbende Sturzwelle auslaufen. Ainoa blinzelte.

»Ich habe solche Angst, dass ich mich nicht einmal schuldig fühlen kann.«

Sie sieht mich an. Ich spüre, wie sie mir langsam den Kopf zudreht. Ihre Hand drückt meinen Arm. »Sie müssen sich ausruhen, Elsa. Sie müssen ein wenig schlafen.«

Ich sehe sie nicht an. »Wird er sterben?«

Sie verzieht den Mund. »Ich weiß es nicht.«

»Wenn du es wüsstest, würdest du es mir sagen?«

Sie seufzt, bevor sie antwortet. »Nein, ich würde es Ihnen nicht sagen. Noch nicht.«

Ainoa hat etwas Reines an sich, das nicht vom Schwesternkittel herrührt. Es ist in ihrer Stimme. In ihrem blonden Haar.

»Kann ich dich um einen Gefallen bitten?«

»Natürlich.«

»Duze mich. Ich glaube, dass du mich duzen solltest, wenn du mir sagen wirst, ob mein Sohn leben wird oder nicht.«

Plötzlich lächelt sie. Es ist ein so trauriges Lächeln, von so gewohnter Traurigkeit, dass es sie verschönert.

»Einverstanden.«

Schweigen. Die alltäglichen Geräusche eines gewöhnlichen Morgens in einem x-beliebigen Krankenhaus lassen sich jenseits der schmutzigen Holztür des Wartesaals erahnen. Ich frage mich, warum niemand in dem Saal sitzt. Wo sind die anderen. Wo die anderen Mütter, Freundinnen, Freunde, die wachen. Ich kann doch nicht die Einzige sein. Ainoa rutscht auf ihrem Stuhl hin und her und spannt die Beine an, sie ist im Begriff aufzustehen. Ich will nicht. Ich will nicht, dass sie geht. Die weißen Kacheln machen mich wahnsinnig. »Isaac ist nicht nur mein Sohn, sondern auch mein einziger Freund.«

Ainoa entspannt ihre Muskeln und stellt die Füße zusammen. Sie legt mir wieder eine Hand auf den Arm.

»Mehr habe ich nicht, nur ihn.«

An der Tür gehen zwei Krankenschwestern vorbei. Eine dreht sich um und schaut herein. Sie winkt Ainoa zu und lächelt sie fröhlich an, das Lächeln verschwindet mit ihr wie eine aufgescheuchte Eidechse.

»Weißt du, warum?«

»Nein, weiß ich nicht.«

»Um Freunde zu gewinnen, muss man Zeit haben. Man muss gelebt haben, und ich war viele Jahre abwesend.«

Sie sieht mich an. Sie versteht nicht, was ich sage.

»Ich habe zu trinken angefangen, als Isaac neun Jahre alt war. Vor drei Jahren habe ich aufgehört. Als ich aus der Klinik kam, zum ersten Mal vollständig nüchtern, konnte ich nicht gehen. Ich konnte es nicht. Ich habe so lange im Wohnzimmer meiner Wohnung gesessen, dass sich die Muskulatur in meinen Beinen zurückgebildet hatte. Zehn Jahre meines Lebens ohne einen Schritt auf die Straße, ohne die Stadt zu sehen. Auf der Taxifahrt nachhause erkannte ich nicht, was ich sah, weder die Geschäfte noch die Bushaltestellen, nicht einmal die Farbe der Gehwege. Hinter dem Taxifenster fühlte ich mich wie ein altes Baby. Ich glaubte, ich könne nie wieder nach draußen und mir eine zweite Chance geben. Ich sah mich nicht imstande dazu. Ich hatte niemand. Da war nur Isaac. Und natürlich Serena. Serena war auch da.«

Obwohl Ainoa nicht einmal blinzelt, weiß ich, dass

sie auf eine Erklärung wartet. Und natürlich Serena. Wo ist Serena? Wo habe ich sie gelassen? Ainoas Hand wiegt schwer auf meinem Arm. Hier fehlt Serena. Das ist das fünfte Wort. Sie und ihre Geige und diese gelben Augen, die regenbogenfarben schillern, wenn sie Isaac ansieht. Serena war am Telefon, das aufzulegen mir keine Zeit blieb. Sie ist dort zurückgeblieben und wartet. Plötzlich pocht es in meinem Kopf. Ich muss mit ihr reden. Ich muss sie holen. Wie viel Zeit ist seit gestern Abend vergangen? Ich stehe auf und spüre, wie sich die Hose mit einem leichten Knistern von dem harten Plastikstuhl löst. Ainoa steht ebenfalls auf, ohne meinen Arm loszulassen.

»Elsa«, sagt sie und zerrt an mir. »Elsa, was ist los?«

Ich gehe auf die Holztür zu. Meine Beine sind eingeschlafen, die Lungen verkrampft. Ich habe Serena hängen gelassen, sie hing an einem Faden, der mich jetzt auf die Straße hinauszieht, zu irgendeinem Ort, wo ich ein Telefon finden und sie anrufen kann. Und meine Tasche? Und meine Sachen? Und meine Zeit, die mir das Leben schuldet, weil es mich hier eingeschlossen hat und auf Nachrichten von Gott warten lässt? Und Serena?

»Serena«, stammle ich. Ich muss mit ihr reden. Sie muss es erfahren.

Ainoas Stimme hat ihre unschuldige Ruhe verloren, sie klingt jetzt sachlich. In ihr schwingt Festigkeit mit. Ainoa kennt seit Jahren solche Fälle, vergessliche Alte, die plötzlich einen Ausweg aus dem Labyrinth finden, die den Ausgang sehen, aber nicht genug Kraft haben, hinzugelangen. Einsame Alte, die sich Namen ausdenken, damit sie nicht verrückt werden vor Angst. Ainoa glaubt, Serena sei eine Sinnestäuschung meines Labyrinths, und wird wieder Krankenschwester. Sie spricht aus Erfahrung und das tut mir gut. Sie ordnet meine Unordnung.

»Ganz ruhig, Elsa.«

Nein, nicht ruhig. Ich nicht. Jetzt nicht. Ainoa führt mich am Arm, langsam, ganz langsam, als wäre ich die Kranke, als würde sie eine Verrückte spazieren führen, ihr gut zureden, damit sie sich vor dem Besuch eines Verwandten im Garten der Irrenanstalt ein wenig die Beine vertritt. Vielleicht bin ich verrückt geworden und dieser Saal ist meine Zelle. Vielleicht ist dieser Schmerz, diese vorweggenommene Trauer, die mir die Kehle zuschnürt, gar nichts. Einbildung. Demenz.

Doch beim Betreten des Flurs zerplatzt der Wahnsinn wie eine schmutzige Seifenblase. Ainoa hält meinen Arm, und ich stütze mich auf sie. Ich sehe auf, und die Vernunft kommt wie eine luftige Ohrfeige zurück. Es kommt das Jetzt. Der Tumor. Das Gehirn und die Hoffnung. Am Ende des Flurs hebt sich vor der Glastür Serenas Silhouette vom gleißenden Neonlicht ab. Da steht sie, ebenfalls weiß gekleidet, mit einem Pullover über den Schultern, einem Koffer zu ihren Füßen und der Geige in der Hand. Sie ist da, und mit ihr bin ich weder verrückt noch allein. Mit ihr hier bin ich die Mutter, die auf Informationen über ihren kranken Sohn wartet, real und körperlich anwesend. Ich hebe die Hand und strecke langsam den Zeigefinger aus, wobei ich mich wie von außen sehe, aufmerksam das magische Ausdehnen und Anspannen der Sehnen vom Fingeransatz bis zur Fingerkuppe beobachte, um damit auf sie zu zeigen. Neben mir wird Ainoas Präsenz auf dem glänzenden Fußboden schwächer. Es herrscht undurchdringliche Stille, als wäre das ganze Gebäude plötzlich verstummt in Erwartung dessen, was passieren wird, was mein Finger ankündigt. Es herrscht Schweigen, und Ainoa neben mir respektiert es, sie dreht den Kopf und sieht mich an. Im Hintergrund, weiter hinten, Serena, die weder lächelt noch sich rührt. Auch sie wartet. Ich habe so wenig Luft in den Lungen, dass ich blind nach Ainoas Hand taste. Ich finde sie nicht. Ich wende mich ihr zu und höre mich endlich sagen: »Serena.«

Und als ich ihren Namen aus meinem Mund höre, weiß ich, dass es kein Zurück mehr gibt, dass wir hier sind, um zu leiden, um uns gegenseitig zu ertragen, sie mit ihrem Schweigen eines Fisches, ich mit meiner Angst, mit dieser Schuld, die sich jetzt wirklich in einem Winkel meines Gehirns abzeichnet und einen Geschmack und einen Geruch hat, die ich nicht wiedererkenne, die ich aber zu kennen glaube. Kummer. Geschmack und Geruch nach Kummer. Ich muss mich setzen. Ich brauche meine Schwiegertochter an meiner Seite, um diese vier Worte mit ihr zu teilen, die sich nicht zusammenfügen, diese vier Worte, in die der Name meines Sohnes nicht hineinpasst und die mich wahnsinnig machen. Auch ihre gelben Augen, damit sie für mich sehen.

»Serena.«

Sie kommt näher. Ohne die Augen von meinen abzuwenden, kommt Serena mit ihrem Koffer und ihrer Geige auf mich zu. Sie gleitet über den Wasserboden des Flurs wie ein Seestern, wie ein Wassergeschöpf, fast ohne die Füße zu heben, weiß, flüssig. Serena kommt, und Ainoa ergreift meine Hand und drückt sie, sie drückt sie, weil es ihr schwerfällt zu glauben, dass dieser Augenblick real ist, es fällt ihr schwer, das zu erleben, diese Sekunden, in denen sich der Flur mit sauberem Wasser gefüllt und in ein Aquarium verwandelt hat, damit Serena auf mich zuschwimmen und ich wieder atmen kann. Ainoa wird erzählen und erklären, was sie in diesen Sekunden erlebt hat, und vielleicht wird man ihr nicht glauben, denn dies kann man nur mit einem Wort beschreiben, mit vier Buchstaben, die ich nicht ausspreche, um den Zauber nicht zu zerstören, um nicht zerspringen zu lassen, was Serena mir mitbringt. Serena entnimmt meiner Fingerspitze, was ich nicht ausspreche: Komm. In meinem Finger mit den schmerzenden Knöcheln sieht sie das blinkende Licht aller Leuchttürme der Welt, die Heimkehr, die Nachricht, die Summe des Schmerzes. »Komm«, sagt mein Finger. Nicht »Komm her«, nicht »Komm, wir müssen reden«, nicht »Komm und du wirst sehen«. Mein »Komm« ist die Quintessenz, die sie versteht, das Zeichen, das uns verbindet in einem Diesen-Schiffbruch-Erleiden, das wir beide gut kennen. Ich liebe diese Frau, die auf mich zukommt und mit ihrem Schritt im Flur Wellen schlägt. Ihre Existenz tut meiner gut. Mehr als alles andere auf der Welt. Das ist nicht etwas, das ich weiß, es ist etwas, das ich begreife.

Plötzlich drückt mich Ainoas Hand fester. Sie tut mir weh, aber das ist mir egal. Serena steht vor mir wie ein Algenteppich an einem vergessenen Strand. In ihren gelben Augen ist so viel Angst, die ich bei ihrem Anblick mit meiner verwechsle, und einen Augenblick bin ich verwirrt und weiß nicht, um wen ich fürchten, um wen ich leiden soll. Als sie meinen Finger ergreift und ihre Hand schließt, hüllt sie mich vollständig ein, gibt mir die Luft und die Wärme zurück. Dann kommt sie langsam näher und drückt ihre Brust an meine, ohne meinen Finger loszulassen, von ihrer Hand umschlossen zwischen uns beiden. Von außen betrachtet sind wir ein Tanzpaar in der Stille, das regungslos auf eine Musik wartet, die nicht kommt. Von außen betrachtet sind wir zwei Frauen, eine junge und eine alte, aufeinander gestützt, aneinander gelehnt. Ich spüre ihren Atem am Ohr, ihr Herz als Echo meines Herzens. Und ich höre auch ihre Stimme, ihr Wasserplätschern, ihre Frage: »Stirbt er?«

Und ich kann ihr darauf nicht antworten. Ich kann keine Antwort auf Serenas Frage formulieren, denn wenn ich sie ihr gebe, dann hauche ich ihr Leben ein und gebe die Erlaubnis, dass alles passieren kann. Ich kann kein Zeugnis ablegen über das, was mir mein Blut sagt, denn es gilt zu kämpfen, und zum Kämpfen muss eine Mutter schweigen können, wie ich diese letzten sechsunddreißig Jahre geschwiegen habe, seit jener verfluchten Nacht, als ich Álvaro bewusstlos im Dampf und in der Abenddämmerung vorgefunden habe, bis zum Kinn im Wasser, dem Leben den Rücken gekehrt, in der Badewanne treibend. Eine Mutter muss den Mund halten, daran ersticken, wenn es sein muss, Scheiße, Salz, Erde, was auch immer schlucken, bevor sie laut ausspricht, dass ihr Sohn stirbt, dass die Zeit sich irrt. Eine Mutter ist eine Lektion des Schweigens, selbst auf die Gefahr hin, dabei zu versteinern. Nein, ich kann mich nicht aussprechen hören, was ich weiß, denn sobald ich es tue, gebe ich mich geschlagen und werde zu leiden beginnen, und darauf bin ich nicht vorbereitet. Aber Serena wartet. Sie ist gekommen, um zu erfahren, um da zu sein, um zu bleiben. Serena ist stark. Sie zerbricht nicht, weil sie nur aus Knorpeln besteht, Serena hat keine Knochen.

Bevor sie noch einmal fragen kann, führe ich den Finger, den sie noch immer umklammert, zu ihrer Hüfte hinab, fahre mit ihm zum Rücken und zeichne ihr auf die

Frage, ob Isaac stirbt, ob er uns wegstirbt, mit dem Finger spiegelverkehrt ein kleines Ja: die Kurve des A gegen die angezündete Fackel des J. Mein Finger und ihre Hand zeichnen gleichzeitig das, was kommt, auf ihren Rücken, und als sie die Kombination der Buchstaben errät, die ihre Wirbelsäule schattieren, erstarrt sie, als hätte sie einen heimtückischen Harpunenschuss erhalten, undurchlässig, angespannt wie Bambus. Sie drückt meinen Finger und beugt sich wieder über mein Ohr.

»Nein.«

Mehr sagt sie nicht. Nur das. Ein trockenes Nein wie ein Schuss, voller Wut, das Nein eines launischen Mädchens, voller Nachhall. Der Krankenhausflur füllt sich mit einer Reihe von Neins, und ich bin froh, mich so zu sehen, in Serenas Armen, in guten Händen. Ich atme tief durch, backbord an ihre Hand geklammert und steuerbord an Ainoas hängend, aufgerichtet in den Fluten dieses Flusses aus weißen Kacheln, im Schlepptau. Plötzlich gibt es Luft. Es gibt Luft und es gibt Isaac, der sie einatmet, um weiterzuleben. Serena sagt »Nein«, und ich glaube ihr, denn wenn ich ihr nicht glaube, muss ich glauben, was mir mein Blut sagt, und heute irrt es sich. »Nein«, sagt Serena, und bevor ich wieder zeichnen kann, bevor ich denken, spüren, ahnen kann ... bevor ich beten kann, betrete ich mit ihr eine bisher unbekannte, nicht erlebte Dimension, die uns beiden verboten war trotz der gemeinsamen Vergangenheit, der Zärtlichkeit, trotz allem. Plötzlich spüre ich ihr Kinn in meiner Halsgrube, eingefügt in meine verschwitzte Haut. Dann schließt sie langsam ihre Arme um mich, verringert die Luft, die uns trennt, bis sie mich ganz umfängt, ihren Körper an meinen gepresst, und meine Lungen beatmet, geräuschlos, leicht in ihrer Umarmung, nicht in ihrer Atmung, nicht im Kiefer, der auf mein Schlüsselbein drückt. Serena voller Kummer, sie bittet mit einer Umarmung um eine Umarmung, auf Du und Du, ihren Bauch an meinen gedrückt. So viel Leben in diesem Körper. So viel Serena. Es gibt unsere Umarmung, und ich empfinde Kummer für sie. Auch für mich. Kummer, weil ich eine zerbrechliche junge Frau in Armen halte, die nicht umarmen kann, und weil mir plötzlich in einem Anflug von Hellsichtigkeit bewusst wird, dass nicht umarmen zu können nicht dasselbe ist wie nicht lieben zu können. Es ist, nicht reden zu können. Es ist die Angst, zu sehr zu lieben.

»Nein«, wiederholt sie leise an meinem Hals. Und diesmal höre ich dieses Nein im Bauch, zwischen ihren Rippen und meinen. Diesmal höre ich vieles mehr, erkenne vieles mehr, das ich bisher nicht habe sehen wollen. Über Serenas Schulter hinweg sieht mich Ainoa mit verschleierten Augen an, noch immer an meine Hand geklammert wie ein Mädchen an einen Luftballon. Über Serenas Schulter befindet sich der Flur mit der grell beleuchteten Decke voller feuchter Flecken, und in irgendeinem Winkel dieser kleinen Welt der weißen Kacheln, der zu lösenden Rätsel, befindet sich Isaac, isoliert, fern, im Kampf mit der Zeit oder vielleicht auch nicht, vielleicht kämpft er nicht, vielleicht hat er keine Angst, sieht nicht, kein Nichts.

Vor vielen Jahren kam ich nach Venedig, um einen Tod zu betrauern, um ihn zu ertränken in diesen Kanälen und zu versuchen, wieder ins Leben zurückzukehren und bei Null anzufangen, einen Neuanfang zu machen. Ich habe es falsch gemacht. Ich habe es falsch gemacht, weil ich es allein gemacht habe, indem ich vom Unverzeihlichen ausging, von dem, was ich mir nicht verzeihen konnte. Vor

Jahren habe ich versucht, mein Geheimnis im Wasser zu versenken, und habe mich geirrt. Das Wasser von Venedig birgt schon genug Finsternis, im Schlamm und Morast der Lagune ist kein Platz mehr. Venedig erhebt sich auf den Geheimnissen und Fehlern derjenigen, die hierherkamen, um zu vergessen, und die Stadt versinkt über ihnen. Ich versenkte mein Entsetzen im Wasser, und das Wasser gibt es mir hier zurück, einfach so. Ich habe einen Sohn. Vielleicht muss ich ihn hierlassen. Ihn hier verabschieden. Verfluchte Stadt.

Vor Elsas Fenster erstreckt sich ein Labyrinth aus Dächern und feuchten Wänden entlang des kleinen Kanals, der sich in der Ferne in einer grauen Krümmung verliert. Elsa liegt im Bett und schläft, zugedeckt mit einem fast durchsichtigen gelben Baumwolltuch unter dem riesigen vergoldeten Kopfteil. Über Venedig senkt sich die Nacht. So erinnere ich sie nicht, weder die Nacht noch die Stadt. Ich erinnere mich nicht an diesen Geruch, an dieses violette Licht. Wir verließen das Krankenhaus und gingen zu Fuß zum Hotel, knapp zehn Minuten, in denen wir zwei Brücken und einen kleinen verlassenen Platz überquerten. Davor gab es viele geteilte Stunden, wir beide umschlossen von den weißen Kacheln des Wartesaals, manchmal schweigend, manchmal nicht. Elsa versuchte, alles, alles am Vorabend Erlebte aufzulisten: die beiden Anfälle Isaacs, die kollabierten Muskeln, die verschlossenen Lungen, das Ringen nach Luft und Stimme, die Fahrt ins Krankenhaus, das Warten, die Diagnose, die Hände des Arztes, nicht seinen Namen, an seinen Namen erinnert sie sich nicht, und sie rieb sich die Stirn, als wäre das Nicht-Erinnern dieses Namens ein großer Fehler, ein Zeichen für etwas, das sie nicht eingestehen mag. Elsa erzählte, wie sie alles erzählt, seit sie vor einigen Jahren die Klinik verlassen hat, nüchtern und offensichtlich wiederhergestellt, hinkend, dünn wie eine Rasierklinge. Sie redete ohne erkennbare Logik, reihte Fakten und Gefühle, an die sie sich beim Reden erinnerte, aneinander und hielt sich kaum mit Details auf, sie ist ein Mensch, der sich kaum aufhalten lässt, wenn er in Fahrt ist. Sie sprach vom Schmerz. Auch vom Kummer, von der Wut. Sie sprach von Isaac wie jemand, der von einem engen Freund spricht, der verreist ist und plötzlich mitten in der Nacht von einem fernen Flughafen aus anruft und um Hilfe bittet, weil man ihm den Reisepass gestohlen hat und er nicht weiß, wie er sich verständlich machen soll. Elsa redete, um sich nicht zu verlieren, den Blick geradeaus auf die weißen Kacheln gerichtet, mit angespanntem Kiefer, leeren Augen. Als sie fertig war, machten sich wieder Stille und tote Zeit breit, wir beide auf dem glänzenden Boden des Wartesaals verankert wie zwei Bojen in einem vergessenen Hafenbecken, ohne zu wissen, was wir tun sollten, wie wir das Krankenhaus verlassen sollten, ohne dass man uns vorwerfen könnte, uns freiwillig von Isaac zu entfernen, ihn zu verlassen.

»Kommt erst morgen wieder«, sagte Ainoa zu uns, nachdem sie uns bis zur riesigen Glastür des Krankenhauses begleitet hatte. »Hier könnt ihr nichts tun, und ihr müsst euch ausruhen.«

Elsa stand schon vor der Tür und drehte sich nun um. Die Nachmittagssonne spiegelte sich in dem öligen Kanalwasser vor einer Hausfassade und blendete sie nach den vielen Stunden im Weiß. Es standen Fragen in ihrem Blick, aber kein Wort. Ainoa fügte hinzu: »Ich werde euch anrufen, wenn es was Neues gibt, seid ganz beruhigt.«

Elsa drückte ihren Arm. Ainoas Lippen verzogen sich zu einem so gezwungenen Lächeln, dass ich es nicht erwidern konnte. Dann gingen wir. Elsa führte mich hierher, setzte sich mit mir zusammen ans Fenster, und wir lauschten ein paar Minuten dem Einbrechen der Dunkelheit. In diesem Teil der Stadt gibt es wenig Touristen, oder vielleicht ist es das Fenster oder wir selbst, die sie fernhalten. Vielleicht spüren sie uns in ihrer Hoffnung auf Abenteuer. Bis vor kurzem gab es in diesem Fenster zwei gebrochene Frauen, die ihren Blick auf die monströse Silhouette des Krankenhausdaches hefteten, das sich über den Fassaden und Fenstern abzeichnet. An diesem Fenster sind Dinge gesagt worden, an die ich jetzt nicht mehr denken möchte und die ich nur wiederholen kann, um sie nie zu vergessen. Und Wahrheiten. Und halbe Lügen. Zusammen lösten wir beide ein Kreuzworträtsel des Schweigens, des Wartens und der gegenseitigen Gesellschaft.

Sie fing an. Einfach so. »Ich war vor sechsunddreißig Jahren hier. Heute vor genau sechsunddreißig Jahren.«

»Ich weiß.«

Sie sah mich nicht an. »Nein, du weißt es nicht, du verstehst es nicht«, erwiderte sie, ohne die Stimme zu heben, den Blick starr auf den Kanal und die ihn krönenden Dächer gerichtet. »Und wenn ich sage ›hier‹, dann meine ich hier, in diesem Zimmer, an diesem Fenster.«

Ich wusste nicht, was ich sagen sollte. Mit ihrem doppelten »Hier« hatte sie das erste Wort des Kreuzworträtsels gesetzt. Sie fuhr fort, und ich schwieg, im Abseits, in Erwartung.

»Álvaro war gerade gestorben, und ich kurz davor, mit dem Trinken anzufangen. Ich habe sechs Tage lang in diesem Zimmer verbracht, ohne mit jemandem zu reden, an diesem Fenster habe ich gefrühstückt, zu Mittag und zu Abend gegessen, immer mit diesem Ausblick auf diese Dächer.«

»Warum hier? Warum Venedig?«

Sie lachte trocken, was wie das Knacken von verfaultem Holz klang, und stützte ihre Hände auf die Knie. »Weil Álvaro Venedig verabscheute. Eine Stadt ohne Fundamente ist wie eine Frau ohne Brüste, sagte er. Ich wusste, dass er mich hier nicht finden würde.«

Mir lief plötzlich ein Schauer über den Rücken. Ihr Tonfall gefiel mir nicht, ihre Stimme auch nicht. Mir gefielen diese knochigen Finger mit den weißen Knöcheln nicht. Ich wollte nicht da sein.

»Álvaro war tot, als du hergekommen bist, Elsa.«

Sie drehte sich um und warf mir einen wütenden Blick zu, der Prankenhieb eines verwundeten, knurrenden Tieres. »Mädchen, du kannst dir gar nicht vorstellen, was für ein Scheißkerl Álvaro war.«

Scheißkerl. Das ist der Ausdruck, der sich zu den vorangegangenen Worten in Elsas Runde und ihren Kästchen im Kreuzworträtsel gesellte. Es gab noch mehr. Sie war noch nicht fertig.

»Ja, er war tot, als ich herkam«, sagte sie und senkte wieder den Blick. In ihrer Stimme schwang ein leichtes Seufzen, ein fast lautloses Atemholen mit, das mir das Blut stocken ließ. »Und das hätte er schon viel früher sein sollen, glaub mir.«

Viel früher, sagte sie. Ich verstand darunter eine zeitliche Klammer. Ich verstand weder ihr Vorher noch ihr Nachher. Wann früher?, wollte ich fragen. Früher als wann? Wo bist du, Elsa?

Sie rang die Hände, und ich hörte sie durch die Nase atmen. Sie redete weiter. Die Antwort kam.

»Viel früher. Bevor er aufgehört hat, mich zu lieben, bevor er begonnen hat, Isaac zu hassen. Vor vielem.« Sie sah mich an und wägte die Wirkung ihrer Worte auf mich ab, bevor sie fortfuhr: »Er hätte viele Male in den letzten Jahren, die wir zusammen verbrachten, sterben sollen: nach jeder Ohrfeige, die Isaac bekam ohne zu verstehen, ohne sie verdient zu haben, willkürlich; nach jeder Beleidigung, nach jeder Erniedrigung; nach jeder spöttischen Bemerkung, nach jedem verzerrten Lächeln, nach jeder indirekten oder weniger indirekten Drohung. Álvaro war der Auffassung, dass Isaac von klein an falsch redete, sich falsch bewegte, dass er tollpatschig, langsam, dumm, zerbrechlich, schwach sei. Isaac gehörte mir, und das war ein schlechtes Abkommen, das war stehlen, betrügen, ihn auf die Seite seines eigenen Lebens stoßen, das Leben, das zu planen und zu entwerfen er sich so bemüht hatte, ohne mit dem lauernden, hinterlistigen Schicksal zu rechnen. Mit Isaac. Isaac gehörte mir. Er wollte niemandem sonst gehören, er brauchte niemanden sonst. Álvaro verzieh nicht, was er nicht verstand. Er war ein unsicherer Mann, sowohl im Erfolg als auch im Scheitern. Als seine Stücke schlechter wurden, als ihm immer mehr Theater den Rücken kehrten, das Publikum nicht mehr applaudierte und es immer schwieriger wurde, Produzenten zu finden, die ihm vertrauten, die auf ihn setzten, nahm seine Unsicherheit ungemein zu, und sein Misstrauen erstreckte sich auf uns alle. Es ging vieles schief, unser Leben ging schief, wir drei, die Familie, das Paar, er und ich, Isaac und er. Der Alltag wurde zur Hölle. Es folgten die Phasen der quälenden Schwermut, des Selbstmitleids, das auf uns, die wir an seiner Seite waren, zurückfiel, ein paar Selbstmordversuche, die misslangen, weil sie nur das waren, Versuche, nicht einmal Schreie nach Aufmerksamkeit. Er wusste, dass er sie, unsere Aufmerksamkeit, voll und ganz besaß, er wurde immer kindischer, wetteiferte mit dem kleinen Isaac, bat um eine Zuwendung, die ich ihm zu geben versuchte, die ich aber nur Isaac geben konnte. Es folgte die Hölle, ja. Wir lebten in Álvaros Hölle, Isaac und ich, und es war meine Schuld, weil ich unfähig war, ihn zu verlassen und das zu verteidigen, was mir gehörte, mir, weil ich es geschaffen, geleistet, geboren hatte.«

An einem offenen Fenster in den Hausfassaden, die man vom Zimmer aus sieht, hängte eine Frau Wäsche auf. Weiße Wäsche, zu sauber im Kontrast zu der stumpfsinnigen Feuchtigkeit, die vom Wasser aus an allen Fassaden dieser Stadt hochzukriechen scheint. Die Frau hängte Kleidungsstücke auf die Leine wie ich Elsas Worte in mein Gedächtnis hängte, eins neben das andere, und sie festklammerte, damit sie nicht hinunterfielen, und dabei lernte, Isaacs Mutter besser zu verstehen, die, die sie war, die, die sie ist, und die, die sie sich erinnert gewesen zu sein. Auf das lange Reden folgte eine kurze Pause. Es gab auch Schweigen, das an einem Faden hing und das zu respektieren mir gefiel. Dann hörte ich sie wieder. Auch das gefiel mir. Trotz allem, was kam, trotz des bitteren Nachgeschmacks, trotz der beiden Sätze, die mich ans Fenster nagelten. Zwei Sätze.

Der erste: »Dann hat sich Álvaro ertränkt, und ich habe mich sechs Tage in dieses Zimmer eingeschlossen, allein und stumm, ohne einen Menschen in dieser auf Wasser gebauten Stadt.«

Álvaro hat sich ertränkt. Das sagte sie, und das Gesagte passte nicht zur offiziellen Version, etwas stimmte nicht, und Elsa las es in meinen Augen. Das hatte ich nicht gewusst. Bis zu diesem Moment war Isaacs Vater gewaltsam zu Tode gekommen, bei einem Unfall, bei dem er sich in einer Nacht der Einsamkeit und des Verhängnisses auf dem Badewannenrand das Genick gebrochen hatte. Verhängnisvoller Tod. Nein, das hatte ich nicht gewusst. Elsa zog ihre knochigen Schultern hoch, die zu beiden Seiten ihres Halses aufragten wie die geschlossenen Flügel einer Fledermaus. Und dann: »Jetzt weißt du es.« Ich wollte fragen. Sie ließ es nicht zu.

Der zweite Satz war zugleich ein altbekanntes Geständnis und eine Frage: »Als ich nach Barcelona zurückkehrte, begann ich zu trinken. Weißt du, warum?«

»Nein.«

»Kaum hatte ich die Wohnung betreten, hörte ich ihn. Nicht seine Stimme. Ich hörte ihn atmen wie vorher in der Badewanne, bevor ich hinter mir die Tür schloss, bevor ich für immer aus seinem Leben ging und zu meinem Isaac ins Krankenhaus zurückkehrte, ich habe ihn wie ein Stück Holz im Wasser treiben lassen. Bei meiner Rückkehr aus Venedig begann Álvaro wieder zu atmen, die Wohnung atmete mit ihm, wenn ich alleine war, sie blähte sich auf und erschlaffte, sie beatmete mich zusammen mit ihm. Die Luft in meiner Wohnung war nichts für mich, sie war weiter von ihm besetzt und machte Lärm, einen schrecklichen Lärm, der es mir nicht erlaubte, etwas anderes zu hören. Ohne ihn lebte ich weiter in der Hölle und mit ihm zusammen. Als ich mich das erste Mal betrank, war ich allein zuhause. Ich legte mich ins Bett und trank so lange, bis ich ihn endlich nicht mehr hörte. Die Leere, der Frieden, den ich spürte, als endlich absolute Stille herrschte, war so immens, dass ich wusste, so müsste ich leben, und es war mir egal. Ich glaubte, ein paar Tage, vielleicht ein paar Wochen würden reichen. Ich habe an vieles geglaubt, was sich nicht erfüllte. Es sind dreiunddreißig Jahre vergangen, bis Isaac und du mich in diese entsetzliche Klinik eingeliefert habt.«

Elsa sah mich mit vor Erschöpfung und Kummer so getrübten Augen an, dass ich nicht einmal meine eigenen darin reflektiert sah. Es waren die Augen einer alten Frau, die aufatmet. Einer Frau, die die Wahrheit sagt, weil sie beschlossen hat, nicht mehr zu lügen. Sie sah mich an und berührte so sanft meinen Arm, wie ich es von ihr nicht kannte. »Und weißt du, was das Schlimmste ist?«

Ach. Wie hässlich ihre Frage. Am liebsten hätte ich gesagt, nicht ich, nicht mir. Ich hätte ihr am liebsten gesagt, dass es mir vielleicht wehtut, wenn ich es erfahre. Das Schlimmste nicht. Nein nein nein.

»Nein.«

»Seit Isaac dich hat, ist das Schlimmste, dass ich voller Erinnerungen bin und niemanden habe, mit dem ich sie teilen kann, niemanden, der versteht, was ich nicht aussprechen kann, das zu erzählen ich mich schäme, der mich richtig versteht. Ich bin so allein, dass ich mich mit meinem eigenen Schweigen anfreunden musste, und in meinem Alter ist das hässlich, sehr hässlich, es hilft nicht zu leben. Das Schlimmste ist, dass mir nur noch Isaac bleibt oder das, was von ihm noch da ist, denn ich musste zwischen Álvaro und ihm wählen, und jetzt nimmt ihn mir dieses Scheißleben vielleicht und lässt mich ohne die Marter des väterlichen Atems und ohne die Lebenslust des Sohnes zurück.«

Die Frau hatte die gesamte Wäsche aufgehängt und war hinter den schmutzigen Fensterscheiben verschwunden. Wir waren allein, Elsa und ich. Elsa, ich und Venedig.

»Das Schlimmste ist, Kindchen, wenn Isaac stirbt,

wenn wir ihn verlieren, werde ich dich bitten müssen, dich nicht von mir abzuwenden, wenn auch nur dafür, dass ich dich neben mir atmen höre, dich Geige spielen höre, nur ab und zu, ohne dich zu belästigen, vielleicht auch ohne dass du mich siehst, auch wenn es im Verborgenen, im Dunkeln geschieht, denn sonst werde ich verrückt, verrückt vor Kummer und auch vor Schuld, und weil ich mit fünfundsechzig Jahren nicht so verwaist sein will, ich könnte es nicht, ich würde es nicht ertragen.«

Elsa, Venedig und ich versanken beim Auf- und Abrechnen Zentimeter für Zentimeter immer tiefer in der Lagune, wir wurden nasser, flüssiger. Und auch der Abend, denn im Fenster war es über Elsas Worten, unter ihrer Moraststimme, Nacht geworden.

»Das Schlimmste ist, dass ich so große Angst habe, dass ich so viele Jahre die Angst vor dem Leiden ertränkt habe, dass ich jetzt nicht weiß, wo ich suchen soll, wo ich die Tränen finden soll für das, was kommen wird. Wenn Isaac hier stirbt, wenn er uns in den nächsten Stunden verlässt, möchte ich, dass du mir versprichst, mich nicht zu verurteilen, wenn du mich nicht weinen siehst.« Sie ließ den Kopf hängen und fügte mit einem fast tonlosen Flüstern hinzu: »Verurteile mich nicht, Kindchen, denn ich werde nicht weinen können.«

Ich schluckte. Nicht Luft. Dafür hatte ich keinen Raum.

»Und ich will, dass du für uns beide weinst. Und dass du mich nicht allein lässt. Dass du mich nicht loslässt.«

Es tut weh. Das ist das Einzige, was ich weiß. Seit Elsa aufgestanden ist und sich ins Bett gelegt hat, wo sie sich unter dem gelben Laken mit dem Rücken zum Fenster zusammenkauert, schmerzt die Nacht noch mehr. Es schmerzt Isaac fern von hier, unter der braunen Kuppel, die über die unregelmäßig am Kanal entlang stehenden Häuser herausragt. Es schmerzt, weil ich Elsa nicht so mütterlich, so zerbrechlich und so voller Entbehrungen kannte. Es schmerzt, dass sie mich bittet zu weinen, mich, die ich meine Augenfarbe verloren habe, um besser in der Dunkelheit zu sehen, damit man mich nicht sehen sieht. Es schmerzt, dass sie mich darum bittet, zusammen zu leiden. Ich weiß nicht, ob ich das will. Ob ich das kann.

Elsa schläft mit dem Rücken zu mir und zur Stadt. Ich höre sie atmen und ich fühle mich begleitet von ihrer Atmung, im Wissen, dass wir Luft, Angst und Schmerz teilen. Heute Abend bin ich in Gesellschaft einer Frau, die schläft, eine alte Frau, die morgen eine halbe Stunde lang wie die Mutter eines Inhaftierten ihren Sohn sehen wird, einen Sohn, der sie vielleicht nicht sieht, nicht hört, nicht spürt, und einen Moment lang denke ich, dass ich gerne so verharren würde, eingerahmt von diesem Fenster und diesem Augenblick, dass der Morgen nicht kommen möge, dass ich weiter gewiegt werde vom Atem dieser schlafenden Mutter, die vielleicht nicht gut gelebt hat, die es aber gerne erzählen möchte, die Stimme bewahren möchte. Die sich auf das Schlimmste gefasst macht.

Grüne Plastikhaube. Auf dem Rücken zusammengebundener Papierkittel. Überschuhe an den Füßen. Nasen- und Mundschutz. Hände und Gesicht in dem kleinen Badezimmer gewaschen, das dem Isolierzimmer vorangeht und in dem das Wasser in einem kräftigen Strahl in ein metallenes Waschbecken fließt. Der Mundschutz riecht nach Recyclingpapier. Ainoa begleitet uns zur Tür. Bevor wir eintreten, gibt sie mir die letzten Empfehlungen.

»Nur eine halbe Stunde. Du kannst seine Hände berühren, sie ergreifen, wenn du möchtest, aber wenn du weinen musst, wende dich ab. Je weniger Flüssigkeiten, desto geringer das Risiko. Keine Küsse, nicht einmal mit dem Mundschutz.«

Das ist die Losung. Dreißig Minuten heute, dreißig morgen. Alles andere muss warten. Keine Küsse. Heute bin ich dran. Elsa hat mich gebeten, zuerst hineinzugehen, und ich habe nicht gefragt, warum. In Grün gehüllt betrete ich ein nahezu leeres Krankenzimmer. Das Bett steht in der Mitte mit dem Kopfende zur Wand. Daneben blinken all die Apparaturen, die Isaac mit dem Leben verbinden, mit dem, was wir von ihm sehen, ein Irrgarten aus Monitoren, Lämpchen und Kabeln, die ihn umgeben wie eine Hülse aus Plastik und Schläuchen. Ein Piep und ein tieferer Ton sind zu hören, beide zwischengeschaltet in die dreißig Minuten, die plötzlich auf einer digitalen

Uhr auftauchen, welche über dem großen Fenster zum Flur hängt. Von dort aus beobachtet uns Elsa, sie hat die Stirn an das Fensterglas gepresst. Die Uhr beginnt rückwärts zu zählen. Digital. 29.59, 29.58, 29.57 ... Auch die Zeit ist hier isoliert, damit sie keinen Schaden anrichtet, damit sie niemanden ansteckt, der von außen kommt. Die Zeit läuft ab, sobald die Ziffern auf dem Display erscheinen, und ich muss mich beeilen. Ich habe Angst zu atmen.

29.30 Isaac ist bewusstlos und ich habe eine halbe Minute weniger. In seinem Mund steckt ein Schlauch, der ihn beatmet. Ich sitze auf dem Stuhl vor einem der Monitore und streichle ihm über die Hand, aber meine Finger zittern so sehr, dass sie auf seine Knöchel trommeln und ich meine Hand erschrocken zurückziehe. Einen Augenblick später versuche ich es noch einmal. Diesmal landen meine Finger sanft und ich schlucke, so gut ich kann, denn ich habe ein so großes Bedürfnis zu weinen, dass sich mir die dreißig Minuten plötzlich zwischen beide Lungenflügel zwängen und ich mich außerstande sehe, so zu verharren, still und ohne zu weinen. Aber ich muss auch atmen.

27.00 Entweder ich weine oder ich rede. Elsa sieht uns vom Fenster aus zu, jetzt hat sie beide Hände daran abgestützt. Es ist mir egal. Ihr Dasein leistet mir Gesellschaft, und ich muss sprechen, obwohl es vielleicht nichts nützt, obwohl ich nur für mich rede. Ich muss sprechen, um mir nicht dieses ganze grüne Papier und Plastik herunterzureißen, das meine Poren nicht atmen lässt, und um mich nicht nackt neben Isaac zu legen, mich an ihn zu kuscheln, ob er lebendig ist oder nicht, ob er durchhält oder nicht, ob er atmet oder nicht. Ich muss reden, ja. Ob er mich hört oder nicht.

24.00 Es nützt nichts. Ich kann nicht. Ich formuliere, ich öffne den Mund, ich bewege Muskeln, Gaumen, Luftröhre, Kiefer, Kiefernhöhle. So sehr ich mich auch anstrenge, es kommt keine Stimme. Serena hat keine Stimme, weil sie sich vor vielen, vielen Jahren zwischen der Stimme und der Musik entscheiden musste und sich für das Schweigen entschied. Ich spielte lieber und verstand vieles, das ich jetzt in Elsas Augen hinter der Glasscheibe lese. Elsa sucht mich mit dem Blick, auch sie zählt die entschwindenden Minuten rückwärts herunter, und ich weiß, dass es ihr für mich leid tut, dass sie mich von der anderen Seite aus sehen kann.

21.00 Kummer. Ich empfinde hier drinnen Kummer, weil ich bei Isaac bin und mich verliere, wenn er mich nicht ansieht, wenn er mich nicht beobachtet. Ohne Isaacs Augen fühle ich mich schutzlos, falsch gesehen. Es ist nicht der Kummer über das, was ich lebe und hier sehe, der schmerzt. Der Kummer ist, dass ich schmerze, weil ich wie Elsa auch nicht weinen kann. Der Kummer ist ein Aquarium voller Süßwasser, in dem ein einziger Fisch die vier ihn umschließenden Wände mit Küssen überzieht, bis er merkt, dass es gar keine Küsse sind. Es sind erstickte Schreie. Isaac atmet, auch wenn es die Maschine für ihn tut, und ich habe so viel zu sagen, dass ich mich an seinen Arm kuschle und zu Elsa umdrehe, die jetzt eine Hand vom Fensterglas nimmt und einen Finger auf sich richtet, als Aufforderung näher zu kommen. Komm, sagt ihre Hand, komm, damit ich dir sage, damit ich dir erzähle, was du nicht siehst, weil du drinnen bist. Komm und ich zeige es dir. Komm näher. Ich habe etwas für dich.

16.15 Elsa sieht mich auf sie zukommen, und erst da wird mir bewusst, dass ich mich bewege, dass ich gehe. Der Kittel und die Überschuhe auf dem Linoleum knistern, es knistert das Grün, der Geruch nach Papier. Es knistert Serena an der Glasscheibe dieses Aquariums, denn jemand muss mir ein wenig Stimme geben und das muss von außen kommen. Auf der anderen Seite der durchsichtigen Wand hat Elsa wieder beide Hände an die Scheibe gelegt, weiß vor lauter Druck, voller wiederholter, halbausgesprochener Wahrheiten, nicht gegebener, nicht gehörter Ratschläge, Bitten und Fragen. Elsa presst ihre Stirn und ihre Hände ans Glas, wie es vielleicht nur eine Mutter tun kann, die betet, auch wenn sie sich an kein einziges Gebet erinnert, eine runzlige Mutter, weil sich das, was sie sieht, in ihren Augen zu einem Wort zusammenfügt, für das weder die horizontalen noch die vertikalen Linien des Kreuzworträtsels, das ihr Gehirn aufgezeichnet hat, eine Definition finden. Als ich endlich vor der Glasscheibe stehe, beuge ich mich vor, meine Augen auf ihre geheftet, und lese über der offenen Brücke ihrer Augenbrauen im Strom ihrer Stirn mit ihren Falten und Runzeln. Ich lese, was diese Falten sagen, und spüre einen Druck, der mir fast die Lungen und das Gehör platzen lässt.

13.45 »Seine Hand, Serena, seine Hand.« Das ist die Botschaft. Seine Hand, Isaacs Hand. Es bleibt wenig Zeit, und Elsa weiß das. Sie sieht mich noch einen Moment lang an, ballt die Faust, dreht sich um und verschwindet von der Glasscheibe, sie lässt mich mit Isaac und mir allein, und ich laufe die kurze Entfernung, die mich vom Bett und meinem Stuhl trennt, zurück, jetzt habe ich verstanden, gefunden, begriffen.

10.25 Isaacs Hand hat eine Brust und einen Rücken. Im Rücken steckt eine Nadel, die ihn ernährt und beruhigt, die ihn gegen das, was die Krankheit ist, abschirmt. Die Brust dieser Hand ist nicht verletzt. Sie hat Falten, ja, und sie hat vier gerade und gebogene Linien wie vier Violinensaiten. Es gibt einen Bogen, das ist mein Daumennagel, und es gibt diese Stimme, die man nicht hört, die aber meine ist, wenn ich spiele, und die Isaac vom ersten Tag an verstanden hat. Am ersten Tag spielte ich für ihn nach einem langen Spaziergang auf der Straße. Er bat mich darum, und ich wollte seine Augen sehen, während er mich spielen hörte. Ich wollte sehen, ob er mich eines Tages verstehen könnte, mir nahekommen könnte. Als ich aufhörte, sagte er nichts. Er nahm mir die Geige aus der Hand, legte sie wieder in ihren Kasten und ergriff dann meine Hand. Weiter nichts. Mir gefiel diese Hand. Sie gab mir Wärme. Sie erzählte mir etwas. Jetzt kehre ich mit dem Daumen zu dieser Hand zurück und finde diese vier Saiten, die in ihre Innenfläche eingeritzt sind. Ich kann nicht sprechen, weil ich mich für das Spielen entschieden habe. Isaac gibt mir die Hand, und ich spiele für ihn, wir beide isoliert in diesem Aquarium. Allein mit uns. So viel Frieden.

08.00 Die erste Linie liegt den Fingern an nächsten, die am wenigsten tiefe. Beim Darüberstreichen erklingt leichte Musik. Ich habe dich sehr geliebt, Isaac. Ich habe dich so geliebt, dass ich manchmal nicht mehr zu lieben gewagt habe, aus Angst, nicht mehr ich zu sein, nicht wiedererkennbar zu sein. Ich streiche mit dem Bogen des Fingernagels über diese Saite und schreibe darauf, wie glücklich ich bin mit dir, bei dir, seit dir und dem, was ich mir nie zu leben habe vorstellen können. Heute scheint in Venedig die Sonne, Isaac, und vielleicht können wir nie mehr miteinander sprechen, weil du nicht zurückkommst. Heute scheint die Sonne, und ich glaube, wenn du gehst, wird es keine heiteren Tage mehr geben. Die erste Saite deiner Handfläche bittet dich, nicht zu gehen, mir Zeit zu geben, um ein wenig mehr ich ohne dich zu sein. Ich brauche Zeit, Liebling.

06.00 Die zweite Linie klingt sanft, auch hoch, aber nicht so sehr wie die erste. Um sie zu hören, muss man hören können. Nicht die Musik, nein. Die Musik hört man nicht, man sieht sie. Die zweite Saite, die deine Hand durchfurcht, ist das Kind, das ich in mir trage, dein und mein Kind, aber sie ist noch mehr. An ihr hängen meine Ängste vor dem Muttersein, davor, wie meine Mutter zu sein, auch, wie deine zu sein; daran hängen die erfahrenen Entbehrungen des Einzelkindes, das über der Leere der Lieblosigkeit, des strengen Schweigens baumelt; an dieser Linie hängt das Versprechen, immer da zu sein, nicht zu versagen. Die Angst, nicht anzukommen. Die zweite Linie ist die Linie der Bitte, Isaac, die der Freundin, die den Freund, der du sein kannst, um einen Rat bittet. »Ich verstehe dich«, hast du einmal zu mir gesagt. Ich habe dir geglaubt, weil es stimmte. Ich habe es nicht aus deinem Mund gehört, ich sah es in deiner Art, die Schultern zu entspannen, in deinem auf den rechten Fuß verlagerten Körpergewicht. Du verstehst mich, noch bevor du mich liebst, und ich liebe dich, weil ich nicht verstehe, wie du mich so sehr lieben kannst. Mich. Serena. Serena und ihre Geige. Wenn du jetzt gehst, verliere ich den Freund, der mich sieht. Geh nicht.

04.00 Die dritte Linie endet in der Mitte deiner Handfläche und schaukelt über dem Nichts. Als der Bogen meiner Fingerkuppe über sie streicht, vibriert sie tief wie ein ungelüftetes Geheimnis. Das ist die Saite meiner offenen Rechnungen mit dir, dessen, was wir uns in diesen Jahren ausgemalt haben, jetzt in der Warteschleife. Es ist die Linie von uns beiden, der aus Plänen und Fantasie gewobene Weg. Sie ist das, was du mir schuldest und was ich dir schulde. Es gibt Dinge von mir, Isaac, die du nicht weißt. Es sind weder viele noch wenige, sie sind alles, was mich ausmacht, was ich manchmal gerne vergesse und manchmal lieber hüte wie einen Schatz. Es ist mein Schweigen, all mein Schweigen, einmal voll von dir, ein andermal leer von mir. Ich bin nie allein gewesen. Ich war abseits, ja, abwesend, ja, aber nie allein. Zuerst waren es meine Eltern, dann Ricardo, und danach bist du gekommen. Zwischen euch gab es keine Serena allein, nie. Ich habe die Brücken überquert, die mich von einem Ufer ans andere brachten, denn es gab immer ein Ufer des Weggehens und eines des Ankommens. Diese Linie, diese Saite verkündet mir die Leere, und so kann ich nicht spielen, Isaac. Diese Saite macht schwindlig und ängstlich. Du kannst nicht einfach so gehen, ohne Vorankündigung, ohne mir Zeit zu lassen, damit ich einen Rahmen finde, an den ich mich klammern kann, damit ich mich nicht blindlings, allein ausliefern muss. Serena ist hart, aber sie ist nicht stark. Serena ist ein Aquariumsfisch, kein Meeresfisch. Wirst du darüber nachdenken? Wirst du mir helfen? Wirst du bleiben?

02.00 Die Zeit läuft ab, Isaac. Die Minuten und die Saiten gehen zu Ende. Es verklingt die Stimme, die Botschaften nicht. Ich nicht. Nahe bei deinem Handgelenk streichle ich die vierte deiner Saiten, die tiefste, und ich tue es mit der Fingerkuppe meines Daumens, nicht mehr mit dem Nagel. Diese Linie trägt den Namen Elsa, deiner Mutter. Sie ist draußen, im Wartesaal, und zählt die Minuten, die noch fehlen, bis ich hinaus und zu ihr gehe. Sie wird dich morgen besuchen. Heute hat sie mir den Vorrang gelassen. Deine Mutter redet wenig. Sie sagt, sie kann nicht weinen, und hat mich ihr versprechen lassen, dass ich sie nicht verurteile, wenn ich keine Tränen bei ihr sehe, wenn das Schlimmste geschieht und du nicht zurückkehrst. Sie hat mir Dinge erzählt. Von dir. Von deinem Vater und dir, von ihm mit dir. Elsa muss mit dir sprechen, dir helfen, das wiederzufinden, was du nicht erinnerst, und sie muss wissen, dass ihr zugehört wird, sie muss dich aufmerksam zuhören sehen, sie muss sich in dir sehen. Es wird wehtun, ja, aber du musst es für sie tun. Sie erstickt an der verheimlichten Vergangenheit, und manchmal wird sie bitter und gibt Wahrheiten von sich, mit denen ich nichts anfangen kann, Geheimnisse, die sie nicht mit mir, sondern mit dir teilen sollte. Diese Linie in deiner Hand ist die deiner Mutter, Isaac, und mein Rücken ist nicht stark genug, um sie zu tragen. Mach ihr Platz, verabrede dich mit ihr und höre ihr zu, damit sie nicht weiter nur sich selbst zuhören muss. Das ist die Saite dessen, was man bei der Geburt erhält. Die der Dankbarkeit.

00.30 Ich kann nicht weiterspielen, Isaac. Die Zeit ist abgelaufen, das sagt die Uhr, die rückwärts zählt, seit ich eingetreten bin. Ein Bild der roten Zahlen auf einem immer schwarzen Hintergrund. Sie hängt an der Wand, genau über dem Glasfenster zum Flur. Ich muss jetzt gehen. In wenigen Sekunden wird es klingeln, und wir werden nicht mehr zusammen isoliert sein. Aber es gibt etwas, das du wissen musst, bevor ich dich wiedersehe: Heute kann ich mich nicht mit einem »Ich liebe dich« verabschieden, Liebling. Ich kann nicht, denn ich würde dich täuschen; im Augenblick empfinde ich so große Angst vor dem, was mir droht, wenn du nicht mehr da bist, der vorweggenommene Schmerz und die Mischung aus Wut und Kummer, die in mir rumoren, lassen mir keinen Platz für die Liebe. Wenn ich dich liebe, dann liebe ich dich mit allem, mit der Wut, dem Kummer, dem Schmerz und der Angst, und ich weiß, es ist ein hässliches Lieben in so einem Augenblick, ein Lieben, mit dem ich dich nicht dazu bringen kann, zu kämpfen und meinetwegen zu bleiben, damit du mich dich besser lieben lässt, damit ich alles korrigiere, was ich vielleicht nicht richtig geliebt habe. Ich empfinde viel, Isaac, aber ich weiß nicht, ob es Liebe oder Bedürfnis ist, und ich fühle mich schmutzig. Ich brauche dich, ja. Ich brauche dich hier, damit du mich verstehst, damit du mich auf der Terrasse spielen siehst, damit du mich eingehüllt in alles, was du mir gibst, leben lässt. Aber ich weiß nicht, ob das Dich-Lieben ist. Ich brauche dich auch, damit du mir sagst, damit du mir bestätigst, dass ich dich liebe, dass ich dir das Gefühl gegeben habe, geliebt zu werden. Ich brauche dich hier, Isaac. Verlass mich nicht.

Beim Klang eines Pieptons, der nicht von den Monitoren kommt, schaue ich auf und sehe die Uhr über der Glasscheibe blinken. Hinter der Scheibe steht Ainoa und sieht mich an, ein ausdrucksloses Lächeln auf den Lippen.

Die Tür zum Isolierzimmer springt auf, und ich verlasse meine dreißig Minuten mit Isaac und gehe ins Bad. Ich tauche erschöpft und verschwitzt aus der nicht mit Isaac geteilten Luft auf. Es knistern der Kittel, die Haube, der Mundschutz und die Überschuhe. Es knistern das grüne Papier und das weiße, kratzige Handtuch, mit dem ich mir Hände und Gesicht trockne. Im Spiegel knistert auch Serena, und ich sehe sie, weil ich Serena bin und mich besser fühle, nur aus Augen bestehe. Plötzlich ertappe ich mich bei dem Gedanken, dass ich vierzig Jahre alt bin und dass ich mich trotz des vielen Erbetenen, Gelernten, Erinnerten nicht an ein einziges Gebet erinnere und mich frage, ob ich nicht vielleicht den Glauben verloren habe, dass mir irgendwas da drinnen Nein gesagt hat, dass mit Isaac die Zeit abnimmt. Dass ich ihn nicht mehr lebend sehen werde.

»Alles in Ordnung?«, fragt mich Ainoa aus der halboffenen Badezimmertür, die auf den Flur hinausführt. Als sie mich hochschrecken sieht, lächelt sie wieder, diesmal entschuldigend. Ich weiß nicht, was ich antworten soll, also lüge ich. »Ja, danke.«

Sie kommt etwas näher und bleibt auf halbem Weg zwischen Tür und Waschbecken stehen. »Elsa ist ins Hotel zurückgekehrt. Sie hat gesagt, sie geht auf ihr Zimmer, und wenn du mit ihr zusammen zu Abend essen möchtest, sollst du sie um halb neun abholen, nicht früher. Sie will sich ein bisschen ausruhen.«

Dass wir uns zum Essen treffen. Elsa hat sich in ihr Zimmer geflüchtet, wo sie sich bestimmt auf ihre halbe Stunde morgen vorbereitet. Sie wird am Fenster sitzen, den Blick auf den Kanal, die feuchten Hausfassaden geheftet. Elsa hat eine Linie in Isaacs Hand. Für sich allein. Weil sie die Mutter ist. Die Vorstellung, dass diese Linie plötzlich nicht mehr da ist, muss einem das Leben nehmen. Wie ist die Leere, die unter dieser Linie verborgen ist? Wie ist der Boden, über den eine Mutter ohne Sohn geht? Wie ist dieser Kummer? Dieses Schweigen? Plötzlich spüre ich ein Loch im Magen, ein tiefes Loch voller Knoten, das sich nach oben hin öffnet wie ein widerlicher Brechreiz. Etwas stimmt nicht, mit mir stimmt etwas nicht. Etwas steigt auf, etwas, das heraus, ausgespuckt werden will. Etwas stimmt nicht. Bevor ich die Augen schließe, kann ich im Spiegel noch sehen, wie Ainoa mit zwei Schnitten und alarmiertem Blick bei mir ist. Etwas stimmt nicht, nein, und Ainoa legt mir gerade noch rechtzeitig die Hand auf die Stirn. Geschlossene Augen. Ich beuge mich über das Waschbecken und spucke im hohen Bogen Wasser, Schlamm und Salz aus. Voller Elsa. Auch voller Venedig.

Ainoa erwartet uns am Ende des Flures. Serena geht neben mir, mein Arm steckt in ihrem, sie zieht mich. Gestern haben wir nicht zusammen zu Abend gegessen. Sie hat nicht angerufen, und ich habe nicht darauf bestanden. Vor meinem Fenster senkte sich die Nacht über die Dächer und die graue Feuchtigkeit der Fassaden, wobei sich kleine, fast heitere Strömungen im Kanal bildeten. Gestern war ein vergangener Tag, ein Tag, den ich dem Leben abgerungen habe, weil Isaac noch da ist, weil ich ihm heute nahe sein werde. Heute komme ich ihn besuchen. Jetzt bin ich an der Reihe, mich zu ihm zu setzen. Ainoa schaut uns an, eingerahmt von weißen Türen, die was weiß ich wohin führen, ein Wohin, zu dem uns von vornherein der Zutritt untersagt ist. Sonst ist niemand im Flur. Als wir am Wartesaal vorbeigehen, nickt uns ein Mann zu, auch er umgeben vom Meer der weißen Kacheln, das ich so gut kenne. Sein Blick ist verlegen und seine Hände liegen auf den Beinen. Die Frau neben ihm sieht nicht auf. Wir gehen weiter den glänzenden Flur entlang. Wir gehen weiter und kommen an, ich hänge an Serena, Serena hat sich seit gestern beruhigt, verändert, sie steht fester auf dem Boden, der nicht wirklich einer ist, weil es in Venedig nur Wasser gibt. In der Hand, die mich nicht zieht, der anderen, trägt sie ihre Geige, den schwarzen, abgestoßenen Geigenkasten, wie ein kleiner Sarg. Von Ainoa im weißen

Kittel mit Gummischuhen gibt es Wangenküsse für uns beide. Es gibt ein angespanntes Lächeln und einen kleinen roten Fleck zwischen so viel Weiß, über den ich gedankenlos reibe, weil ich ihn mit etwas verwechselt habe. Er geht nicht weg. Ich höre auf.

Auf die Frage, wie es Isaac geht, antwortet Ainoa: »Er entwickelt sich gut. Vielversprechend.«

Auf die Frage, ob sie gut geschlafen habe, antwortet Ainoa: »Ja. Es war eine ruhige Nacht.«

Auf die Fragen: Wie sind mein Sohn und ich nur hier gelandet?, Was haben wir in diesem weißen Flur, in dieser Hölle verloren?, Wer waren der Mann und die Frau im Wartesaal, auf wen warten sie, wer stirbt ihnen, von wem wollen sie sich verabschieden?, auf die Frage: Was glaubst du, wie viele Zeitspannen von dreißig Minuten eine Frau aushalten kann, ohne am Bett ihres kranken Sohnes zu sitzen, wie oft kann eine Mutter verrückt werden beim Warten darauf, dass die Minuten von dreiundzwanzigeinhalb Stunden vergehen, die ihr am Tag jenseits dieser dreißig Minuten bleiben, um zu sehen, zu berühren, zu reden und zu bestätigen, dass ihr Leiden aus etwas Realem, Greifbarem, Geliebtem besteht?, auf die Frage: Wie viel Zeit bleibt mir mit ihm und wie viel ohne ihn, wenn er stirbt?, auf all diese Fragen hat Ainoa keine Antwort, weil ich nicht die Stimme finde, um sie auszusprechen, hier gibt es keinen Raum für die Fragen der Mutter, auch nicht für die der Ehefrauen oder für die von Menschen, die, abgesehen von der Notwendigkeit, hier zu sein, Hilfe von jemandem benötigen, um die Zeit anzutreiben, jemand, der sich zum Komplizen unseres Hoffens, unserer Lüge, wenn es eine ist, macht. Hier und heute gibt es nur Raum für den Geruch nach Krankenhaus, der alles ausfüllt seit der Nacht, in der ich mit Isaac eintraf, dieser Geruch nach falschem Abschied, nach Scheiße gewordener Zärtlichkeit. Es gibt keine weiteren Antworten. Ich habe dreißig Minuten vor mir und eine sehr trockene Ainoa, die uns durch Türen ins Innere begleitet, durch einen weiteren Flur entlang zu dem Fenster, von dem aus ich gestern zugesehen habe, wie Serena aus Isaacs Handlinien Musik las. Heute bin ich dran, ja. Ich bin vorbereitet.

Bevor wir eintreten, verschwindet Ainoa kurz und kommt mit einem Stuhl zurück, den sie vor das Fenster stellt. Serena sieht mich an, Ainoa nicht.

»Bist du dir sicher?«, fragt Serena mit Zweifel im Blick.

Ich antworte ihr mit zugewandtem Rücken. Ich will keine weiteren Fragen. »Ja.«

Ainoas Blick spiegelt sich im Glas. Vor knapp einer Stunde dürfte ihr Blick ein anderer gewesen sein. Ihre Stimme am Telefon hat zögerlich geklungen, und ich drängte mich zwischen ihr Zögern und meine Lust, nicht nachzugeben.

»Ich möchte, dass Serena heute Nachmittag spielt«, sagte ich zu ihr. Um mehr habe ich nicht gebeten. Ich sagte ihr nur, was ich möchte, und ich möchte, dass Serena spielt. »Ich muss sie spielen hören.«

Ein paar Sekunden lang sagte sie nichts. Ihr Schweigen war der Beginn eines Ja.

»Ich möchte, dass sie draußen sitzt, am Fenster. Sie wird nicht stören.«

Ihr einsetzendes Ja am Telefon klang unschlüssig. Dann kam es vom anderen Ende der Leitung, und Serena begleitete mich mit ihrer Geige.

Der Stuhl ist da. Ainoa hat ihn aus einem kleinen

Nebenraum geholt und vor das Glasfenster zum Krankenzimmer gestellt. Serena geht darauf zu, ergreift ihn an der Rückenlehne und dreht ihn um, weg vom Fenster und an die Wand, mit dem Rücken zu dem, was drinnen geschehen wird. Wenn sie sich setzt, kann man sie vielleicht von drinnen nicht sehen.

»Ich werde dich nicht sehen können.« Ich bin es, die spricht. Sie sitzt mit dem Gesicht zum Flur und lehnt den Kopf an den Metallrahmen des Aquariums. Sie sagt nichts, bis sie den Blick hebt, der alles beinhaltet. »Nein, du wirst mich nicht sehen.«

Ich werde es nicht brauchen. Diejenigen, die nicht Serena sind, hören die Musik nur, sie sehen sie nicht. Diejenigen, die Serena sind, schon. Sie spielt mit den Augen, sie produziert Musik mit dem Blick. Als mich Isaac zum ersten Mal zu einem ihrer Konzerte mitnahm, habe ich manches begriffen. Eines davon war, dass sich mit so einer Frau in unserem Leben vieles ändern würde. Ich sah sie spielen mit diesen geschlossenen Augen und begann sie durch das zu sehen, was ich sie spielen hörte. Die Musik war in Serena, nicht von ihr. Für sie gab es Musik, weil sie sie sehen konnte.

Ich drehe mich um und gehe in das kleine Badezimmer, wo die Gesundheit in Grün gehüllt wird, um nicht schwarz zu werden. Ainoa hilft mir. Dann gehe ich zu Isaac.

Die Uhr über dem Fenster. Die Zeit rückwärts laufend. Die Stille, bis ich am Bett ankomme und mich auf den harten weißen Stuhl neben meinen Sohn setze. Mehr gibt es nicht. Keine weitere Stille. Nach und nach dringen die Pieptöne der nüchternen Monitore zu mir durch. Als ich aufhöre, die Luft einzuatmen, die durch den Mundschutz dringt, als ich aufhöre, an dem Papiertuch zu zerren, das meinen Mund verschließt, höre ich, wie das Leben dieses Zimmers einen Klang bekommt. Das sind die Geräusche der Krankheit. Alles, was mich umgibt. Die Flüssigkeiten, die in durchsichtigen Schläuchen den Adern im Körper meines Sohnes zugeführt werden, das Brummen der Monitore, die Elektrizität, die alles ausfüllt. Es ist heiß, und ich weiß nicht, womit ich anfangen soll, was tun oder sagen, ich konnte noch nie gut anfangen.

Ich könnte mit einer Bitte anfangen, und das wäre dann ich. Um das zu bitten, was von mir erwartet wird. Ich würde dich um Zeit bitten, Isaac. Ich würde dich bitten zu bleiben, zu kämpfen, hierzubleiben, bei mir, deiner Mutter. Ich könnte mit einer Bitte anfangen und meine dreißig Minuten mit Bitten, Flehen und allem anderen füllen. Ich erspare es dir. Ich habe noch nie gut um etwas bitten können, und du weißt das. Wir beide wissen das.

Ich könnte anfangen zu fantasieren, ja, obwohl ich dich dafür nicht brauche. Weder dich noch sonst wen. Dafür habe ich mir immer selbst genügt. Wir alle tun das. Ich würde mir vorstellen, worauf ich verzichten müsste, ich würde mir das Gewünschte, das Erflehte vorstellen, das, was ich vielleicht nie mit dir erleben werde. Das will ich mir nicht antun.

Besser, ich erzähle dir etwas, mein Sohn. Dinge, die man nur jemandem erzählt, der nicht antworten kann, der sie vielleicht nicht einmal hören kann. Es sind Dinge, die du wissen musst. Von mir zu dir.

Der Arzt sagt, wenn es dir besser geht, wirst du wieder sehen, hören, spüren können. Er kann nicht sagen, wie, er weiß nicht, ob gut oder schlecht. Dann wird er den

Tumor untersuchen, der dich in diesen Zustand gebracht hat, der in ein paar Tagen vielleicht Besserung verspricht, und entscheiden, ob sich eine Operation lohnt. Er wird entscheiden und ich werde entscheiden. Und du, wenn du dazu in der Verfassung bist. Ich liebe dich sehr, Isaac, aber ich liebe dich bis hierher, den Isaac, den ich bisher kannte, den Mann, den ich geboren habe und der mich immer begleitet hat, bis wir in Venedig eintrafen und alles beschmutzt wurde. Ich will dich nicht krank, ich will dich nicht leblos, ich will keinen Isaac mit Augen, Ohren, Händen und Füßen in einer fortdauernd schlechten, unwiederbringlichen Gegenwart. Ich bin deine Mutter und würde mein Leben für dich geben, aber diese Möglichkeit wird mir nicht gewährt, und auf die anderen, auf die Möglichkeiten, die sich auf der anderen Seite der Glasscheibe ankündigen, bin ich nicht vorbereitet. Auch nicht darauf, dich leiden zu sehen, auch nicht, dass du langsam von mir gehst, ich verstehe nichts vom Todeskampf, ich will ihn nicht. Wenn du bleibst, bleibe voller Leben. Wenn nicht, ist es besser, wenn du gehst. Was auch immer geschieht, ich komme darüber hinweg, mein Sohn, obwohl ich mir das in diesem Moment überhaupt nicht vorstellen kann, denn um das zu schaffen, braucht man ein Ziel, auf das man zusteuern kann und das ich ohne dich nicht habe. Es ist etwas zerbrochen, mein Schatz. Diese Mutter und dieser Sohn sind zerbrochen, und wir müssen hier, isoliert in diesem weißen Aquarium, vorbereitet sein. Wir beide. Ich bin es nicht. Ich rede so, um mich zu hören und um mir zu glauben, denn wenn ich schweige, höre ich auf zu atmen, und ich würde mich nicht mehr daran erinnern, wie ich es tun sollte. Ich rede, um am Leben zu bleiben, damit meine Organe funktionieren, weil ich weiß, dass beim Reden die Luft in mich eindringt und austritt. Der Schmerz nicht. Er kommt nicht heraus. Der Kummer auch nicht.

Das sind die Geräusche der Krankheit, die meinen Sohn vielleicht umbringt, das Pfeifen und das Brummen, die rhythmisch aus einem dichten Nebel emporsteigen, den ich bisher nicht verstanden habe oder nicht habe verstehen und hören wollen. Es gibt etwas Dichtes in diesem Raum, ja, ein langsames, schwerfälliges Auf und Ab wie eine Brandung voller Steine und leerer Muscheln, ein schläfriges, unbewusstes, menschliches Klagen. Und dieses Klagen verbreitet sich in den Atomen dieser Luft wie eine große Wolke, die sich um mich herum ausdehnt und zusammenzieht, wobei sie mich jedes Mal einhüllt, wenn Isaac einatmet und wenn er ausatmet. Es ist die Maschine, die für ihn atmet, damit sich seine Lungen weiter öffnen und schließen, sauberen Sauerstoff aufnehmen und verbrauchten abgeben. Es ist das Balancieren zwischen Leben und Tod, das ich vor Jahren, vielen Jahren in einem Badezimmer erlebt habe, als ich Álvaro im klaren Badewasser treiben sah, mit dem Kinn unter Wasser, durch die Nase Dampf einatmend. Es ist die Woche, die ich mich hierher geflüchtet habe, nach Venedig, nach seinem Tod, an meinem Fenster hängend, als auch ich entscheiden musste, ob ich mich in das schmutzige Kanalwasser stürzen oder nach Barcelona, zu Isaac, zum Risiko zurückkehren sollte. Es ist das, was danach kam. Álvaros Atmung erfüllte alles, jede Sekunde, sie verfolgte mich durch die Wohnung, drängte mich gegen das Getane, gegen das Bereute, verschmolz mit dem ersten Whisky am Morgen, zuerst bitter, braun, später nicht mehr, später willkommen, heilsam, beruhigend. Es ist Isaacs Atmung im Abschied, die sich jetzt mit der seines Vaters trifft, Luft an Luft, Mann nach

Mann, und wieder bin ich es, die nicht kann, die hier und jetzt strauchelt, und ich muss weit weg, ich muss hinaus, damit dieser dichte Nebel aus Luft, der meinen Sohn ernährt, keine Geräusche mehr macht, damit er nicht mehr zu hören ist. Da draußen ist Licht, und ich brauche es. Dies ist nicht die Musik, mit der ich dieses Bild unterlegen möchte. Diese nicht.

Ich bin aufgestanden und zur Tür gegangen. Ich schwitze so, dass die Haube auf meinem Haar klebt und ich das Wasser spüre, das sich unter dem Gummiband auf meiner Stirn angesammelt hat. Ich bin an der Tür gestrandet, auf der Flucht vor dem Nebel, vor dieser Brücke, die Vater und Sohn verbindet, die mich ausschließt. Ich sehe nicht, ich will nicht. Nicht so allein.

Das ist die Leere. Ein Vorher und ein Nachher. Eine Sekunde der dumpfen Stille, die sich durch einen Ton plötzlich auflöst, eine Note, die aus irgendeinem Winkel der Welt erklingt und meine Hand auf dem Türgriff lähmt. Es ist ein Anfang. Es ist ein Messer, das den Nebel durchschneidet. Es sind Serena und ihre Geige, die sich wie die Kielspur eines Segelschiffs vor der hintergründigen Stille durch die Brandung in diesem Raum schlängelt. Es ist Musik, und sie sagt Dinge, die ich nicht verstehe, die mir aber guttun, weil sie an mich gerichtet sind, weil sie mich vorantreiben, weil sie bei mir ankommen.

Es ist Begleitung.

Es ist ihr Schmerz über meinem, er hüllt ihn ein. Es ist Liebe.

Es ist das neuerliche Durchwaten der Zimmerluft bis zum Bett, in dem Isaac wie ein Boot flussabwärts treiben wird, wenn auch noch immer mit Schläuchen und Kabeln verbunden, die ihn am Ufer halten. Es ist das Ankommen bei ihm, durchnässt, in Schweiß und Kummer gebadet. Es ist die Heimkehr, entschlossen, die mir verbleibende Zeit zu nutzen, zu bleiben bei dem, was meins ist. Es ist der Griff nach seiner Hand, während sich auf der anderen Seite der Glasscheibe Serenas Musik verflüssigt und durch die Fugen dieses Krankenhauses rinnt, um das, was sich keiner traut, zu beweinen, um dem, was keiner versteht, einen Namen zu geben.

Es ist meine Hand auf Isaacs Hand. Meine Finger auf seinen. Es ist mein mütterlicher Rücken, der sich über seinen Körper eines Sohnes beugt, es ist das Natürliche, das es immer gewesen ist. Es ist Isaac und ich, und der Mundschutz, der mir bisher Nase und Mund bedeckt hat, liegt in einer schmutzigen Pfütze auf dem Boden neben der Haube, die ich auch nicht mehr aufhabe. Es ist der Kuss, auf den ich ein Recht habe, trotz der Kabel, der Geräusche und allem, was man mir genommen hat. Er ist mein Sohn, Scheiße, und ich bin eine Mutter, die sich verabschieden will. Falls ich ihn verliere. Denn ich habe ein Recht darauf.

Mit dem Rücken zu uns streicht Serena über ihre Saiten. Der Geigenbogen taucht alle paar Sekunden im Fenster auf. Er gleitet von ihrer Schulter aus über das Fenster, ohne es zu berühren, und es ist so schön, was erklingt, dass es alles ausfüllt und Isaac und mich an diesem Septembertag in einem Venedig, das man hier nur erahnen kann, wiegt. Es gibt Musik an diesem Nachmittag, in dem, was von der halben Stunde übrig ist, und ich erhole mich an meinen Sohn gekuschelt, teile mit ihm dieses harte Bett, das nichts heilen wird, mein Mund an seinem Ohr, meine Beine über seinen, sie belasten ihn nicht, leicht, ich bin leicht, weil in mir nur der Kummer und die Angst wiegen, mein Arm auf seiner Brust zwischen Schläuchen, zwischen Dingen, die nicht er sind. Das Ohr meines Sohnes riecht noch immer nach ihm. So riecht Isaac, ja. Ich erkenne meinen Kleinen am Geruch dessen, was er nicht verloren hat, was er noch an Lebendigem hat. Ich schwitze über ihm, ich hülle ihn in meine Keime, in alles von mir, damit er weniger an mir leidet. Und ich flüstere ihm ins Ohr. Natürlich. Ich rede mit ihm, damit er mich hört, damit er mich versteht, wir beide kräuseln uns wie Wellen über Serenas Geige, über der Musik, die sie sieht und uns schenkt. Ich rede mit meinem Sohn vielleicht zum letzten Mal, und ich wiederhole ihm meinen Namen, damit er ihn lebendig hält, wenn er geht, damit er mich nie vergisst, damit er mich, er ja, Tag für Tag mit seinem Atmen begleitet und mich meinen Namen hören lässt, damit er ihn mir mit seiner Stimme zurückgibt, wenn er zurückzukehren beabsichtigt. Ein, hundert, tausend Male mein Name. Elsa. Elsa. Elsa. Damit er ihn mitnimmt, wenn er zu gehen beabsichtigt. Ich schenke ihn ihm. Ich brauche ihn nicht mehr.

In Venedig gibt es viele Legenden, und einige sind so schön, dass sie wahr klingen. Viele haben mit Wasser, Brücken und Verlust zu tun. Die Venezianer sind Meister im Erfinden von Geschichten, um nicht zu schlafen, denn auf dem Wasser ist es schwer, Schlaf zu finden, und Schlaflosigkeit weckt die Fantasie der Völker. Venedig schläft nicht, bei Einbruch der Dunkelheit treibt es um die Lagune herum, wühlt auf der Suche nach frischem Wasser den Boden aus Morast und Schätzen auf, um nicht unterzugehen, um im Fluss zu bleiben. Um zu erzählen.

Der Legende nach sammelt sich alles, was auf den Brücken Venedigs bei Einbruch der Dunkelheit ausgesprochen wird – Geheimnisse, Geständnisse, Wahrheiten –, auf den Pfeilern der Stadt an und erzeugt in irgendeinem anderen Winkel des Labyrinths neue Brücken, Unendlichkeit. Es sind die meist von einer Frau gelüfteten Geheimnisse, die Venedig nicht sterben lassen. Es heißt auch, das Wasser der Stadt trage Botschaften für die in sich, die zuhören können. Manche nennen sie Musik.

Seit wir zu unserem Spaziergang aufgebrochen sind, klammert sich Elsa an mich. Sie lässt mich nicht los, und ihr Arm beginnt zu lasten. Nach dem Krankenhausbesuch haben wir zusammen gegessen, wenig gesprochen, jede in ihre eigene Legende vertieft, in was weiß ich. Dann schlug sie mir vor, ein wenig zu gehen. Es ist schon dunkel. Wir schlendern an einem schmalen Kanal entlang bis zum Aufgang einer Brücke, die sich zwischen zwei Häusern im fahlen Laternenlicht verliert. Als wir am Geländer ankommen, bleibt Elsa unvermittelt stehen und stützt sich darauf. Dann dreht sie sich zu mir um.

»Ich habe dreiunddreißig Jahre von Isaacs Leben versäumt«, sagt sie jäh mit gebrochener Stimme.

Es ist keine Frage, auch kein Gedanke. Es ist ein richtiges Geständnis, durchdacht, wiedergekäut und ausgespuckt.

»Ja, ich weiß.«

»Ich muss eine zweite Chance bekommen«, stößt sie hervor, ohne mich anzusehen, mit Blick auf den Boden. »Nicht, dass er mir verzeiht. Ich will keine Vergebung. Ich will eine Chance. Eine zweite. Er kann sie mir nicht verwehren. Das ist nicht gut.«

Und ich muss weitergehen, es gefällt mir nicht, hier von Elsa ans Geländer gedrängt zu werden. Mir gefällt dieser Einstieg nicht. Die Brücke erwartet uns, uns beide, und ich will weitergehen. Sie hält mich zurück. »Am Abend, bevor du gekommen bist, am Abend vor alldem, hat Isaac zu mir gesagt, das Leben sei vielleicht nichts anderes als Ferien. Ferien vom anderen, dem wahren Leben.«

Ich sage nichts. Ich habe nichts zu sagen. Sie schon. Sie steigt eine Stufe hinauf und stützt sich wieder aufs Geländer. Dann dreht sie sich um und setzt sich. Sie lässt mich nicht los. »Ich möchte dich zwei Dinge fragen, Serena.«

Das gefällt mir nicht. Mir gefällt diese Nacht nicht, hier auf dieser Brücke von Elsa festgehalten zu werden. Ihre Hand, die an mir zerrt, damit ich ihr zuhöre, gefällt mir nicht. Wir sollten im Hotel sein. In der Nähe. Nicht hier. Die Brücke ragt über das Wasser wie ein Balkon über einen Boden aus Spiegeln. Wenn ich mich vorbeuge, sehe ich vielleicht etwas, was ich bisher noch nicht gesehen habe. Elsa beginnt zu sprechen, und ihre Worte schlüpfen zwischen den Stangen des Geländers hindurch und fallen ins Wasser. Ich höre sie tröpfeln.

»Weißt du, warum Isaac noch nicht sterben kann?«

Es tut weh. Der Ton und der Grund tun weh. Diese alte Frau auf den Stufen tut weh, zusammengekauert zwischen Wasser und Nacht. Es tut weh, was sie sagen wird und was sie nicht sagen wird. Die Mutter tut weh.

»Nein, das weiß ich nicht.«

Sie lächelt. Es ist traurig, aber ein Lächeln. »Weil er mir meinen Namen zurückgeben muss.« Sie schaut mich an, und ich weiß nicht, was sie in meinen Augen sieht, ich weiß nicht, welche Schatten das Laternenlicht auf sie wirft, aber es animiert sie zum Weitersprechen. Ich habe Angst. Angst vor dem Wahnsinn, der sich in diesem Satz ankündigt.

»Elsa ...«

Sie hebt die andere Hand und ergreift meinen Arm. »Nein, nicht Elsa.«

Ich verstehe sie nicht. Ich verstehe sie nicht und sie lächelt noch immer.

»Mama. Für Isaac existiert Elsa nicht. Es gibt nur Mama. Elsa bin ich für dich, für die Erinnerung, ich war es für Álvaro. Für Isaac nicht. Isaac hat sich in jener Nacht, als er mich von seinem Zimmer aus rief, nicht verabschiedet, er rief um Hilfe, ohne es zu wissen, er konnte sich nicht verabschieden. Gute Nacht. Das hat er gesagt. Das hat er am Telefon ständig wiederholt, bis plötzlich nichts mehr kam. GuteNachtguteNachtguteNacht. Nicht

Mama. Nicht Adiós, Mama. Nein, er hat sich nicht verabschiedet, und so etwas tut Isaac nicht. Er nicht. Er ist mein Sohn, und ich kenne ihn gut. Er würde nicht gehen und mich einfach so zurücklassen. Das weiß nur eine Mutter, sonst niemand.«

Stille. Elsa verstummt und über der Brücke lastet große Stille. Venedig verstummt und die Ohren der Schlaflosen, der Legendenschmiede, lauschen ins Wasser, um mit dem Fabulieren zu beginnen. Venedig hisst seine Segel.

»Und wie lautet die zweite?«

Sie sieht mich an. Ihre gerunzelte Stirn kann mir nicht folgen, sie tastet im Dunkeln.

»Du hast gesagt, dass du mir zwei Fragen stellen willst«, höre ich mich sagen. »Wie lautet die zweite?«

Auf dem Schaum der Stadt treiben Boote. Über den Kuppeln und der Feuchtigkeit treibt die Nacht. Über zwei an ein Brückengeländer gelehnte Frauen treibt der Frieden, weil so das Leben ist, ein Irrgarten aus Fragen und Antworten, aus Anwandlungen von Aufrichtigkeit, die manchmal schmerzen und manchmal die Pfeiler einer ganzen Stadt verstärken, aus dem fehlenden Schlaf von tausenden Schlaflosen. Elsas Stimme treibt über die Brücke, sie tänzelt um die zerbröckelnden Säulen aus kaltem Stein herum, bis sie mit ihrer Frage bei mir ankommt. Drei Worte mit einem abschließenden Fragezeichen.

»Liebst du mich?«

Und ich treibe zwischen den Klippen in meinem Aquarium, ich treibe von Kindheit an, mit den Zähnen in die Saiten meiner Geige verbissen, um nicht herauszuschreien, dass ich nach allem, was ich bisher gelebt habe, plötzlich festen Boden unter mir spüre, dass mir jemand den Himmel aufgetan hat, weil er die drei Worte gefunden hat, die mir in meinem Kreuzworträtsel fehlten. Elsa fragt, was mich noch nie jemand gefragt hat, mich, Serena. Eine mutige, gefährliche Frage mit so viel Angst vor meiner Antwort in ihren Augen, dass ihre Frage wirklich ein Geschenk verdient, mich verdient, mich und das, was ich in mir trage. Elsa fragt wie jemand, der die beste Gabe darbringt, und ich verfüge über keine Abwehrmechanismen für Augen wie ihre, für dieses Wunder, dass sie und ich hier sind, über dem Wasser, zwei an Isaacs Liebe gefesselte Kometen. Ich darf sie nicht länger warten lassen. Ich will es nicht.

»Ich bin schwanger, Elsa.«

Sie blinzelt und bewegt alles, was die Nacht zwischen ihren Wimpern einschließt. Verwirrt, wachsam, verwundert. Sie öffnet den Mund und schließt ihn wieder, während sie mich mit den Händen zu sich hinunterzieht, das Segel hisst, das der Nacht Licht gibt, die Legende beginnen lässt. Sie zerrt mit ihren Fingern an mir wie ein stummes Mädchen, das nach Luft schnappt, so glücklich, dass ich um sie fürchte, um ihren Verstand, um die Zurückhaltung des Schmerzes, den sie bisher noch eindämmen konnte. Sie zieht so lange an mir, bis ich mich zu ihr niederknie, ihr Mund mein Ohr sucht, Dinge flüstert, viele, verschiedene, die sich in einem Wort ausdrücken, das alles zusammenfasst, was sie sagen will, was sie sich vorstellt, was sie mit mir zu teilen versucht. Sie findet mich. Ihre Stimme an meinem Ohr. Ihr Wort. Das mich zusammenfasst.

»Danke.«

Und Elsas Danke schnürt mir die Kehle zu, durchzieht mich mit hunderten von Kanälen, zeichnet mich als Stadt, durch die mein Blut fließt, und nährt all das, was ich in mir trage. Das Leben in mir. Danke, ja. An Isaac, weil er rechtzeitig gekommen ist, ein Danke, das sich diese Nacht in meine Augen einnistet, das mich mit Wasser füllt und die Stille aus dem Aquarium verbannt. Elsa presst ihre alten Lippen an mein Ohr, und ich höre Musik, spüre Wärme. Ich bin schwanger, ja. Und auf Elsas Frage lautet meine Antwort Ja. Ja zu allem. Ja, ich liebe dich. Ich liebe dich, weil ich dich Isaac lieben sehe, und die Art, wie du es tust, macht mich wieder zum Kind. Weil ich dich hoffen sehe, wie ich noch niemanden habe hoffen sehen. Weil ich lernen möchte, so zu lieben. Weil ich verstehe, dass du nicht weinen kannst. Es ist noch nicht so weit, nein. Noch muss nicht geweint werden. Ich liebe dich, weil ich dich brauchen werde, weil ich dich unentbehrlich machen werde, ob Isaac da ist oder nicht. Meine Antwort auf deine Frage lautet: Geh weiter mit mir, Elsa, gehen wir beide zusammen weiter. Schwägerin und Schwiegermutter, Mutter und Großmutter. Isaac wird entscheiden, sein Leben wird entscheiden. Warten wir gemeinsam darauf. Mach mir Platz. Danke, ja.

Elsa weint lautlos über Venedig, und die Schlaflosen schreiben im Schutze der Nacht. Elsas Tränen sind schlicht, voller Morast und Sand vom vielen Nicht-Weinen seit dem letzten Mal. Sie kitzeln mich am Ohr und rinnen über mein Kinn, bis eine nach der anderen auf die steinerne Brücke tropft. Elsa kann nicht weinen, sie lernt es unterwegs, auf mich gestützt, während wir über die Brücken und Kanäle dieser Stadt des Wassers zu unserem Hotel zurückkehren wie zwei erschöpfte Liebende. Ab und zu legt sie ihre Hand auf meinen Bauch und weint wieder. Dann gehen wir weiter. Es sind wenig Menschen auf der Straße. Wir gelangen zu unserem Hotel, nachdem wir eine Brücke überqueren, die bisher keine von uns beiden wahrgenommen hat. Vielleicht war sie noch nicht da, als wir eintrafen.

Spiegelungen

Komm.«

Das ist Elsa vom Fenster aus. Von hier aus betrachtet färbt sich heute Nachmittag das Licht orange und ocker. Komm, fordert sie mich auf. Ich stehe auf und gehe näher, um zu sehen. Heute nähere ich mich ohne Angst. Elsas »Komm« bedroht mich nicht, es enthält keine weitere Botschaft. Es ist nur ein »Komm, begleite mich, weil ich gerne mit dir teile«. Vom Fenster aus sehen wir die weißen Segel von Dutzenden Segelschiffen über den Ponte dei Mendicanti ziehen. Eine Regatta. Die Segel spielen, sie wetteifern miteinander in diesem ruhigen, urbanen Meer wie Kinder in einem Hof. Aus Wasser. Die Sonne spiegelt sich in allem, was den Oktober berührt und umgibt. Schon Oktober. Schon sechs Wochen. Hinter uns atmet Isaac ruhig, eingehüllt in dieses freundliche, natürliche Licht. Eine große Narbe zieht sich wie ein Diadem über seine Stirn, und sein geistesabwesender Blick bleibt an allem hängen, was sich in diesem Mikrokosmos aus weißen Wänden und großen Fenstern bewegt, als wollte er urplötzlich lernen können. In seinem Kopf, in der Höhle seines Gehirns, existieren noch immer zehn Prozent des Monsters, das darin wohnte, das sein Unberührbares berührt hat, das, was man nicht berühren darf. Der Rest ist nicht mehr da. Es gibt keinen Druck mehr, nur eine Narbe und das lauernde Schicksal, das uns Fristen für sein Leben setzen wird. Er spricht wenig und kann nichts benennen. Die Worte erinnert er, ja, aber nicht ihre Bedeutung, er kann sie mit nichts in Verbindung bringen. Noch nicht. Seit der Operation leben Elsa und ich praktisch hier, immer abwechselnd, wenn auch nicht ganz, denn wir überschneiden uns zeitlich, rücksichtslos. Wenn Isaac spricht, spielen wir Rätselraten. Alles ist ein Spiel, seit er zurück ist. Wenn er sich so weiterentwickelt, werden wir in wenigen Tagen nach Barcelona zurückkehren, landen. Ob es auf Festland sein wird, weiß ich nicht. Ich weiß nicht, ob wir je wieder festen Boden betreten werden. Wir tasten uns Stück für Stück vor, wie als Kinder, als wir Blindekuh spielten. Zufluchtsort. Schutz. Gerettet.

Von hier aus betrachtet ist die Stadt immer noch ein Netz aus Winkeln, in dem sich mein Blick verliert. Elsa und ich atmen unterschiedlich, als wäre es uns gelungen, aus einem rätselhaften Irrgarten herauszufinden, verwirrt, erschöpft, aber letztendlich unversehrt. Manchmal sieht sie mich an und lächelt. Ich sehe sie glücklich, glücklich über ihre zweite Chance und ihre Bestätigung als Mutter, glücklich, Stunden um Stunden bei Isaac zu sitzen und ihm beizubringen, die Dinge zu benennen, ihm tausend und eine Fragen zu stellen, bis es die richtige Frage ist: Möchtest du Wasser? Milch? Aufs Klo? Zeitschrift? Soll ich dir vorlesen? Tut's weh? Krankenschwester? Elsa fragt und fragt, und Isaac sieht sie an, als würde er sie nicht erkennen. Dann wendet sie den Blick ab und beschäftigt sich mit etwas anderem. Hin und wieder muss sie mehr wissen. »Wer bin ich?«, fragt sie. »Wer, wer, wer?« Isaac konzentriert sich auf sie und lächelt. Er weiß, wer wir sind und was geschehen ist. Er weiß, dass das Monster in seinem Kopf nicht mehr drückt, dass er sieht, hört, sich bewegt, denkt, dass er versteht. Er weiß vieles. Dann antwortet er: »Mama.« Und Elsa schluckt, denn mit jedem »Mama« gibt ihr Isaac erneut eine zweite Chance, die sie hütet wie eine lebende Muschel, so voll mit ihm, dass ein paar Minuten lang nichts weiter in Elsa Platz hat, nur sie und ihre Lust, weiter hier zu sitzen und das Wunder zu bestaunen.

Die Segel zeichnen weiter Dreiecke in das Blau dort unten, und Isaac ruft uns mit einem Stöhnen. Wir laufen beide ans Bett. »Was ist los, was hast du, Schmerzen, Klo, Krankenschwester, Hunger?« Nein, das ist es nicht. Isaac hebt die Hand und zeigt auf mich, und Elsa lacht beglückt auf. »Wer ist das, mein Lieber?«

Isaac sieht mich an mit den Augen eines fröhlichen Kindes. Er öffnet den Mund und sucht meinen Namen in dem, was die Erinnerung in seinem Gehirn freizusetzen beginnt, aber er findet ihn nicht. Er ist noch verborgen.

»Heim«, sagt er.

Elsa schnalzt mit der Zunge. »Nein, Isaac. Versuch es noch mal.«

Er runzelt die Stirn und versucht erneut sein Glück.

»Bett.«

»Nein, mein Schatz«, antwortet Elsa mit breitem Lächeln und bedeckt sich in gespielter Scham das Gesicht. »Noch nicht.«

Isaac sieht mich weiter an. Er ist auf mich konzentriert, und ich sehe ihn im geschlossenen Mund die Zunge bewegen. Es vergehen ein paar Sekunden in deutlichem, bemühtem Schweigen, bis sich plötzlich seine Augen weiten und er mir die Hand hinhält. Langsam, ganz langsam.

»Komm«, sagt er.

Komm. So nennt er mich. Komm. Und für den Bruchteil einer Sekunde sehe ich mich wieder eingeschlossen in dieses »Komm«, das nie etwas Gutes verhieß, das immer wehtat, eine Abfolge von ungesunden Aussparungen, von Verweisen, von der falschen Serena, von der Serena, wie sie nie sein sollte. Elsa sieht mich über das Bett hinweg an, und ihr Blick zerrt ebenfalls an mir. Nicht Komm, Isaac. Etwas anderes, was auch immer. Alles außer komm. Als ich aufsehe, fällt mein Blick auf Isaacs verzerrten Kiefer, er versucht, Worte zu formulieren, mit der Zunge Buchstaben zu ordnen, die Hände in das weiße Laken über seinen Beinen gekrallt. Er ringt, fügt aneinander, sucht, sucht, sucht. Und als ich schließlich nachgeben und die paar Schritte, die mich von ihm trennen, gehen will, als ich mich dem Schmerz öffne, wenn es so sein soll, lächelt er triumphierend und befreit mich von meinem Irrtum und nagelt mich auf den Boden mit dieser Stimme eines wiedergeborenen Kindes. Sein »Komm« hat einen zweiten Teil, es hat Gischt und ist kein Befehl mehr, weder ein schlechtes Zeichen noch ein schmutziger Hinterhalt. Sein »Komm« ist nur ein Wort, die erste Brücke einer kurzen Symphonie aus Noten, die an diesem sonnigen Nachmittag mit seiner Stimme so klingen: »Mein … Ve… ne… dig.«

Ich schlucke. Isaac sieht mich an und nennt mich »mein Venedig«, und ich weiß, dass er mich trotz seines verhangenen Blicks und seines abwesenden Ausdrucks sieht, dass er mich versteht, dass er Isaac in seiner ganzen Größe ist. Dass er sich wieder in meinen Kanälen und der Feuchtigkeit meiner Haut verlieren will. Dass er lebt und ich auch. Dass mir der Atem stockt an einem so gesegneten Tag wie heute.

Dass es das Leben ist.

Und dass es nicht wehtut.

Und dass heute Nacht, wie jede Nacht, die Schlaflosen über die Brücken der Stadt ausschwärmen auf der Suche nach Legenden, um weiter die Gegenwart dieser Geschichte zu entwerfen. Weder Elsa noch Isaac noch ich werden dort sein. Wir werden von hier aus sehen, wie sie eine Wahrheit suchen, die sich in reines Gefühl verwandeln lässt. In irgendeinem Winkel der Stadt wird jemand reden, und das Wasser wird seine Worte aufnehmen und zum Grund der Lagune führen, damit an irgendeinem anderen Ende dieser riesigen Wolke aus Palästen und Geruch eine neue Brücke entsteht. Mit zwei Ufern. Jemand wird »Komm, mein Venedig« sagen, und in der Ruhe der Nacht wird das Echo der Lagune widerhallen, an den feuchten Wänden wird der Name dieser Stadt widerhallen, die heute voller Licht ist und deren Name nach einer Legende klingt.

Danksagung

Mein Dank gilt Sandra Bruna, wie immer. Sybille Martin und Ann-Catherine Geuder, für ihre große Professionalität. Rulfo, meinem treuen Begleiter. Menchu Solis, für unsere innige Freundschaft, und natürlich Quique Comyn.